AF497044

Valérie ROBERT

Le mariage

de ma meilleure amie

Tome 3

ROMAN

3

Aigrefeuille sur Maine

Ce livre a été imprimé à Basse-Goulaine, France
Dépôt légal : Mai 2021
ISBN : 978-2-9570448-4-9

Tous droits de reproduction, d'adaptation et de traduction, intégrale ou partielle réservés pour tous pays. L'auteur est seul propriétaire des droits et responsable du contenu de ce livre.

© Valérie ROBERT

Chapitre 1

Hayden

(1 mois plus tard)

Je ne reconnais pas Léxie, cela fait un mois qu'elle ne dit rien. Elle a finalement eu son poste de directrice de la collection « New romance », aux éditions Alice, et elle a l'air de s'en foutre littéralement. Elle a refusé de parler à son père, l'ignorant complètement et depuis, elle se mure dans le silence. Léxie ne veut pas que j'appelle Holly mais je pense que la situation est suffisamment grave pour prévenir son amie.

Peux-tu me rejoindre au plus vite à la maison, j'ai à te parler. Rappelle-moi. H.

Holly

Je pose mon téléphone sur le bureau et entreprends de travailler sur mes dossiers, en attendant l'arrivée d'Holly. Ce n'est pas chose facile.

Je suis enfin arrivé à me concentrer lorsque j'entends la porte de l'entrée s'ouvrir et se refermer précipitamment. Et merde !

— Hayden, hey, que se passe-t-il ? se hâte de me demander Holly en déboulant dans mon bureau.

— Salut Holly. Merci d'être venue. Écoute, tout d'abord, je tiens à te prévenir que je risque ma peau sur ce coup-là…

Elle fronce les sourcils.

— Comme tu le sais, Léxie et moi avons décidé de nous laisser une chance.

— Oui. Enfin H. ! Cela fait maintenant un mois, donc je crois que tu peux en venir directement aux faits.

— Lorsque nous sommes revenus de notre escapade en bateau, au moment de déposer Léxie à la gare, nous avons fait une rencontre.

Holly fronce à nouveau les sourcils, ne voyant pas où je veux en venir.

— Cette rencontre, comment dire… n'a pas plu du tout à Léxie…

— Hayden ! Accouche, s'impatiente-t-elle.

Je prends une grande inspiration et lance d'une traite.

— Nous avons croisé son père, Holly.

Au moment où les informations montent à son cerveau, Holly devient blême.

— Par-don ? Tu veux dire que vous avez rencontré son père il y a un mois et que c'est maintenant que tu me le dis !

— Écoute Holly, Léxie ne veut pas vous le dire
car pour elle, il ne s'est rien passé. Même à
moi, elle refuse catégoriquement d'en parler.

— Mais enfin Hayden, c'est grave. Enfin, pas
grave, mais suffisamment important pour nous
mettre au courant. On ne sait même pas ce
qu'il lui veut et comment il l'a retrouvée.

— Je suppose que cela vient de sa grand-mère.

Holly me regarde en coin.

— Pourquoi dis-tu cela ?

Flûte, j'ai encore perdu une occasion de me taire.
Bon, de toute façon, au point où j'en suis, mieux vaut
tout lui dire.

— Je suis allée voir Linette après cette rencontre.

— Pourquoi as-tu fais ça ?

— Je voulais savoir si elle était au courant qu'il la
cherchait. Elle m'a répondu qu'il se pourrait
que, lors d'une discussion téléphonique, elle
ait évoqué notre relation.

— Parce qu'ils se téléphonent souvent ? demande Holly ahurie.

— Visiblement, elle lui donne des nouvelles de temps en temps.

— Léxie est au courant ?

— Non. Et il ne faut pas qu'elle l'apprenne.

— Mais pourquoi fait-elle ça ? Elle ne se souvient pas de tout ce que ce type a fait subir à Lexie ?

— Elle ne l'oublie pas. Je crois que, d'une certaine façon, elle s'en veut de ne pas s'en être rendu compte.

— Alors pourquoi continue-t-elle de lui parler ?

— Il veut se repentir. Apparemment, lors de son passage en prison, il a réalisé ce qu'il avait fait et souhaite se faire pardonner. Linette n'est pas certaine que ce soit une bonne idée mais elle sait aussi que ce n'est pas à elle de décider. C'est pourquoi elle veut que Léxie lui dise en face ce qu'elle pense.

— Ça, elle ne l'acceptera jamais. Personnellement, je la comprends et il n'est pas question qu'il s'approche d'elle !

— Holly, ce n'est pas à toi…

— NON HAYDEN ! me coupe-t-elle. Ce n'est pas toi, ce soir-là, qui a vu comment il la battait. Ce n'est pas toi non plus qui l'a retrouvée presque sans vie et couverte de bleus. Et ce n'est pas toi qui a dû la conduire aux urgences et témoigner contre ce fumier. Tu n'étais pas là, donc tu ne peux pas comprendre.

Ce simple rappel des faits me fait comprendre qu'Holly veut protéger Léxie de son père. Effectivement, je n'étais pas là. Heureusement pour lui car, à l'heure qu'il est, il ne serait plus de ce monde si c'est moi qui l'avait trouvée. Rien qu'en y repensant, j'en ai les poils qui se hérissent. Holly a raison. Ce type n'a aucun droit sur Léxie. Il l'a perdue le jour où il lui a donné son premier coup.

— Bon, et que fait-on pour Léxie ? demandé-je pendant qu'elle essaie de retrouver son calme.

— Je ne sais pas mais il est urgent d'agir. Je vais commencer par parler à Léxie.

— Mais tu es folle ! Si tu fais ça, elle va savoir que cela vient de moi.

— Pas si je la joue fine, me répond-elle d'un air conspirateur.

Chapitre 2

Léxie

« Comment vas-tu *ma chérie* ? »

Rien qu'en en y repensant, j'en tressaille encore. Comment a –t-il osé m'appeler ma chérie ? J'ai bien cru que j'allais vomir, à la simple idée de devoir lui répondre. Heureusement, Hayden a vite compris qu'il fallait l'éloigner de moi.

« Monsieur, je ne suis pas sûr que ce soit une bonne idée que vous restiez là. Je vous demande de partir », a-t-il déclaré en se postant devant moi.

C'était sans compter sur la détermination de mon père. Il lui a demandé de se pousser, en évoquant le fait que cela ne le regardait pas. Mais il ne connait pas Hayden, qui s'est montré encore plus persuasif !

Depuis cette rencontre, je compense ma frustration par le travail. J'essaie de ne plus penser au fait qu'il soit sorti et qu'il a l'air de vouloir me parler. Hayden n'est pas dupe et voit très bien que cette histoire me hante. J'ai de nouveau mes douleurs dans le dos, alors qu'elles avaient disparu depuis un moment. Je suppose que cette rencontre m'a fait revenir en arrière. Je ne dors plus : dès que je ferme les yeux, je me retrouve dans cette petite maison, dans cette petite chambre avec cette silhouette penchée au-dessus de moi, un ceinturon à la main.

Je sais qu'Hayden a appelé Holly car ils nous rendent de plus en plus visite avec Jason. Il s'inquiète. Ça se comprend puisque j'ai repris mes anciennes habitudes et rebâtis mes barrières. Même dormir dans ses bras n'apaise pas mes peurs. Une fois les yeux fermés, ce ne sont plus les bras d'Hayden qui m'étreignent mais ceux de mon père qui me tiennent.

Hayden ne comprend pas pourquoi je ne l'appelle jamais par son prénom, je le nomme toujours « mon père ». Ma seule réponse a été rapide et sans équivoque « Je n'ai pas le choix. C'est et ça restera toujours mon père malgré tout ».

J'ai appris que Mamie Li lui donnait encore de mes nouvelles. Je me suis fâchée mais je ne peux pas lui en vouloir. Elle a été choquée d'apprendre ce qui se passait dans cette petite maison et je pense que d'un certain côté, elle s'en veut de ne pas s'en être rendu compte. Il faut dire que mon père faisait tout ce qu'il fallait pour qu'elle ne voie rien. Quand elle me gardait, elle n'avait jamais besoin de me laver puisqu'il m'ordonnait de le faire la veille de son arrivée. J'étais suffisamment grande pour m'habiller toute seule donc aucune chance qu'elle ne remarque les bleus sur mon corps.

Elle a vieilli depuis la dernière fois que je l'ai vue. Je la trouve plus fatiguée et moins enjouée.

— Mamie, tout va bien ?

— Oui ma petite chérie. Un petit coup de fatigue, rien de plus.

— Tu es sûre ? Veux-tu que je t'apporte quelque chose ?

— Non merci, tu es gentille. Bon dis-moi, comment se passe ton nouveau travail ?

— Super, j'ai une très bonne équipe et le travail est encore plus intéressant que je ne le pensais.

— Que fais-tu ?

— Je cherche constamment de nouveaux auteurs, en lisant des manuscrits que mon équipe me soumet. Eux font une première sélection et me proposent leurs idées, que j'approuve ou non. Je demande toujours à ce que les manuscrits non retenus soient mis de côté pour que je les étudie quand même. J'aime savoir que je ne passe pas à côté de quelque chose.

— Ça, c'est très généreux de ta part ma loutre.

— Oui, enfin, cela me prend beaucoup de temps mais au moins je continue l'esprit serein.

— Et ensuite ?

— Je contacte l'auteur et négocie un contrat avec lui. Ensuite, je supervise toute la production du futur roman, qui est réalisée par des collaborateurs. Cela va de la première de couverture, à la publication, en passant par la correction et l'impression. J'aime garder un œil sur l'évolution du roman, pour que l'objectif de l'auteur soit atteint.

— Ce travail te plaît, ça se voit.

— J'ai enfin trouvé quelque chose qui me passionne, au point de ne plus penser à rien d'autre !

— C'est bien et ça permet d'éviter les migraines.

— Quoi donc, mamie ?

— De trop penser, sourit-elle.

Je lui retourne son sourire et nous continuons de discuter de choses et d'autres. Elle me raconte ses journées et les ragots du quartier. Nous parlons largement d'Hayden et elle m'avoue qu'elle l'aime beaucoup. Ça se voit qu'il sait ce qu'il veut et c'est une très bonne chose, selon elle.

Mamie Li est l'une de ces dames qui admire ce genre de qualité chez les personnes. Elle a toujours été franche et sincère, tout en appréciant la simplicité et l'ambition.

Chapitre 3

Léxie

Aujourd'hui, je décide de profiter du soleil et de prendre ma pause déjeuner à la brasserie située à quelques pas du travail.

— Bonjour, un plat du jour s'il vous plaît, avec un verre de Perrier. Merci.

Je m'installe dans un coin de la salle, histoire d'avoir un peu de tranquillité et de ne pas être gênée par les allers et venues des clients. Je suis sur le point de finir mon plat lorsqu'un homme m'aborde. A première vue, je lui donnerais dans les vingt-cinq ans. Il est grand, brun, arbore de grands yeux verts, des sourcils épais et une posture qui suggère une musculature assez imposante. Je le regarde méfiante.

— Bonjour, excusez-moi mais toutes les tables sont prises et j'ai très peu de temps pour déjeuner. Puis-je me joindre à vous ?

Je scrute la salle des yeux. Son argument tient la route puisque la brasserie est souvent bondée à l'heure du déjeuner. Je hoche la tête pour l'inviter à prendre place.

— Je ne vous ai jamais vue ici auparavant. Vous venez souvent ?

Je lève les yeux afin de m'assurer que c'est bien à moi qu'il s'adresse. J'avale ma dernière bouchée avant de répondre.

— Non, très souvent, je n'ai pas le temps de manger donc je déjeune au bureau.

— Vous travaillez dans quoi ?

Je lève un sourcil.

— Pardon, je vous prie de m'excusez, je suis indiscret.

— Non, tout va bien. Je travaille dans l'édition.

— Intéressant.

— Et vous ?

— Je suis dans les affaires, répond-il esquissant un sourire.

Je trouve sa réponse trop évasive mais ne cherche pas plus loin. Mon dessert terminé, je ne m'éternise pas ici.

— Je vous souhaite une bonne journée, Monsieur.

— Je vous en prie, appelez-moi Caleb. Une très bonne journée à vous aussi. J'espère avoir le plaisir de vous revoir un jour.

— Peut-être bien.

Je me retourne et court presque jusqu'à la sortie. Je n'ai pas aimé sa façon de me regarder. Et c'est quoi cette phrase : « j'espère avoir le plaisir de vous revoir » ? Non mais, il se prend pour un apollon irrésistible ou quoi ? Remarque, il a l'air quand même bien bâti sous ce costume… Bref, je m'égare.

Je retourne à mon bureau et ne vois pas la journée passer. J'enchaîne les réunions les unes après les autres et sursaute lorsque mon téléphone sonne.

Hayden

A quelle heure rentres-tu ?

Je termine ce dossier et j'arrive.

Tu veux que je vienne te chercher ?

Pas nécessaire, j'ai presque fini.

Certes, mais je serais plus rassuré, il se fait tard.

* * *

Effectivement je n'avais pas vu l'heure tardive. Je sors de mon bureau et constate que tout le monde est parti. Je n'ai pas le temps de répondre que je reçois de nouveau un message.

Je suis en bas dans 5 minutes. Prends ton temps.

Mais comment… ? J'oubliais que depuis notre petite rencontre avec un certain paternel, Hayden est un peu surprotecteur. À croire qu'il passe ses journées en bas de mon immeuble à m'attendre. Je comprends mieux pourquoi il traîne sur ces dossiers : il ne travaille qu'en ma présence, me sachant en sécurité.

Je ne veux pas qu'à cause de son humeur, mon travail en pâtisse, c'est pourquoi je ressors du bureau une heure après son dernier message. Comme convenu, il m'attend, adossé au mur près de la porte. Il me regarde et reste figé un instant, l'air sévère. Je constate qu'il serre les poings.

— Hayden ? Tout va bien ?

Comme il ne me répond pas, je tourne la tête vers la direction qu'il fixe, au moment où une grosse voiture de sport rouge démarre et disparaît au coin de la rue.

— Que se passe-t-il ? Tu as reconnu quelqu'un ?

— J'espère bien que non, répond-il en serrant les mâchoires, les yeux rivés à l'endroit où a disparu la voiture.

Chapitre 4

Hayden

J'espère vraiment m'être trompé et ne pas avoir reconnu Caleb. S'il est revenu dans les parages, je ne donne pas cher de sa peau. Je suis encore plongé dans mes pensées lorsque je reçois un appel. Numéro inconnu. Je crains le pire. Je prends une profonde inspiration et décroche froidement.

— Tu ne m'avais pas dit que tu fréquentais une aussi jolie fille, grésille aussitôt la voix dans le combiné.

— J'en étais sûr ! Qu'est-ce-que tu fiche ici Caleb ?

— Alors là, tu me vexes H. Moi qui pensais vous faire une belle surprise. Je viens juste voir ma famille, rien de plus.

— Ne m'appelle pas comme ça ! Dois-je te rappeler que tu n'as plus de famille ?

— Arrête, tu vas me faire pleurer. Tant pis, il faudra que je me console avec ma nouvelle amie. Je l'ai rencontrée au bistro près de la rue principale. Elle est tellement jolie et intelligente. Certes, froide au premier abord, mais j'espère bien la faire changer d'avis.

Aussitôt ces mots prononcés, mon estomac ne fait qu'un tour.

— Ne t'avise pas de l'approcher, sinon…

— Sinon quoi, Hayden ? Tu n'as pas été fichu de me dénoncer la première fois. Alors que crois-tu faire cette fois-ci ?

— Je…

— Tu sais, je pensais laisser tomber lorsqu'elle est partie sans même se retourner. Mais en voyant la tête que tu as fait hier soir et ton intérêt pour elle, il se pourrait que je reste encore un peu dans le coin finalement.

— Caleb !

Un rire cynique résonne dans le combiné et ma rage est de plus en plus forte.

— Tu embrasseras maman pour moi. A bientôt Hayden.

— Attends, on n'a pas fini…

Il a raccroché. Comme si je n'avais pas assez de problèmes avec la réapparition du père de Léxie, il faut aussi que Caleb refasse surface.

— Est-ce qu'on pourrait avoir un peu la paix ? C'est trop demander ? je hurle, en levant la tête vers un être en qui je ne crois plus.

Je décide d'appeler la seule personne capable de m'aider dans cette situation.

— Salut, c'est moi. J'ai besoin de toi : il est revenu.

— Où es-tu ?

— À la maison.

— Ne bouge pas, je suis là dans dix minutes.

— Merci.

* * *

On toque à la porte.

— Entre, c'est ouvert.

— On a combien de temps ?

— Elle devrait être là dans une heure. J'ai demandé à Jason et Holly de passer la prendre au travail.

— Tu leur as dit pourquoi ?

— Non, et je ne veux pas le faire. Je ne pense pas qu'ils apprécieraient si je leur raconte tout.

— Tu devrais pourtant… Tu aurais dû le faire depuis longtemps.

J'ouvre la bouche pour répliquer mais elle me devance :

— On en a déjà parlé et c'est toi le boss, alors j'obéis.

— Merci pour tout ce que tu fais.

— De rien. Disons que c'est ma façon de te remercier pour la promotion.

— Que je te devais déjà…

— Ok, bon tu as fini ou je dois sortir les mouchoirs ?

— Non, j'ai fini.

— Bon, alors qu'est-ce que tu sais ?

— Absolument rien. Je l'ai aperçu hier en allant chercher Léxie. Ce midi, il m'a appelé pour me narguer. Ils se sont déjà rencontrés mais il ne lui as pas dit qui il était, enfin je ne pense pas.

— C'est déjà une bonne chose. Il faut se méfier quand même.

— Tu penses à quoi ?

— Faut le buter !

— QUOI ! T'es pas sérieuse ?

— Hayden, c'est bon. C'était une blague. Il faut lui faire peur ou juste lui donner ce qu'il est venu chercher.

— Bon et on fait ça comment ?

— Tu dois lui donner rendez-vous. Dans un café par exemple. Comme ça, vous serez en terrain neutre.

— T'as peur de quoi, qu'on se batte ?

— Plus que tu ne le crois.

Décidément cette femme me fera toujours autant rire.

— Tu viens avec moi ?

— Certainement pas. J'veux pas me mêler de cette histoire et il ne me connaît pas. Ce qui ne doit pas changer, compris ?

— Compris. Je ne sais toujours pas comment tu as fait pour passer de flic à secrétaire.

— Si je te le dis, je serais obligée de te tuer et ce serait dommage d'abîmer cette belle gueule.

— Te fous pas de moi ?

— Allez j'y vais. Tiens-moi au courant et prends soin de toi.

— Merci ma Rose.

Elle me fait un signe de la main comme pour me dire « laisse tomber » et claque la porte.

Chapitre 5

Léxie

La journée a été plutôt tranquille au travail. C'est l'esprit serein que je retrouve Jason et Holly, venus me chercher pour une soirée à la maison.

— Salut vous deux !

— Alors, ta journée s'est bien passée ?

— Tranquille. On a signé avec cinq nouveaux auteurs.

— Génial, ça fonctionne bien alors ?

— Oui et je t'avoue qu'on va surement devoir recruter. On reçoit de plus en plus de manuscrits et on est peu à gérer la présélection.

— Faites un appel à partenariats, me propose Jason.

— Qu'est-ce que tu veux dire ?

— Demandez à des lecteurs potentiels un partenariat pour qu'ils présélectionnent des romans. Si eux sont convaincus, alors la majorité le sera.

— Ce n'est pas idiot. J'en parle aux autres départements demain. C'est une idée très intéressante !

— Merci de remarquer mon génie, se vante-t-il.

— Oui enfin, tu es avocat alors ce n'est pas trop compliqué d'avoir ce genre d'idée, s'amuse Holly.

— Vas-y, moque-toi, mais tu verras que c'est une très bonne idée, renchérit son mari.

— Bon, vous avez fini de vous chamailler, on peut y aller ?

Ils se regardent tous les deux avec un air malicieux. Nous prenons la route en direction de la maison lorsque nous tombons nez à nez avec mon père.

— Bonjour Léxie. Comment vas-tu ?

— Que fais-tu dans le coin ?

— Je me promène et je voulais te voir.

— Comment m'as-tu retrouvée ?

— Je vous ai suivis.

— C'est donc toi que Hayden a vu l'autre soir dans la voiture rouge ?

— Non, tu te trompes, mais j'étais effectivement dans le coin. Écoute chérie, je…

— Ne m'appelle pas comme ça ! Tu as perdu ce droit le premier jour où tu m'as battue.

— Mais je veux juste te parler et te protéger.

— Et moi je ne le veux pas.

Il essaie de s'avancer mais Jason lui barre la route.

— Il me semble qu'elle vous a dit non. Vous avez visiblement un problème avec ce mot, Monsieur.

— Mêlez-vous de vos affaires, jeune homme. Il s'agit de ma fille.

— Fille que vous avez maltraitée trop longtemps. Elle est mon amie et ma famille alors oui, ça nous regarde.

Holly est restée en retrait mais continue de le toiser sévèrement.

— Ok, je m'en vais mais je n'en ai pas fini. Léxie, fais attention à toi, tu es peut- être en danger.

— Le seul danger que je vois, c'est vous alors allez-vous en, déclare Holly ne le lâchant pas des yeux.

Mon père la regarde et une lueur passe dans ses yeux.

— Je te reconnais, tu es la petite voisine ! Merci pour ce que tu fais pour elle. Continue de la protéger s'il te plait.

— Je n'ai pas besoin de vos conseils ! Léxie est mon amie et entre amis, on s'aide.. Maintenant allez-vous en et ne revenez pas dans sa vie. Vous n'êtes pas le bienvenu !.

Sur ces paroles, mon père s'en va sous le regard scrutateur d'Holly et Jason. Moi j'étais comme spectatrice de cette scène surréaliste.

— Ne dites rien à Hayden, s'il vous plaît.

Jason et Holly se retournent intrigués.

— S'il vous plaît. Il devient déjà parano alors je ne veux pas en rajouter. Je le sens perturbé ces derniers temps.

Ils se regardent comme pour s'interroger silencieusement. Puis, après un hochement de tête de Jason, mon amie me prend par les épaules.

— Comme tu voudras, mais à une condition.

— Laquelle ?

— Je veux que tu nous préviennes s'il revient.
Léxie s'il te plaît, pour nous rassurer.

— C'est promis.

Chapitre 6

Léxie

Hayden et Holly se disputent la première place au jeu de Wii « Just Danse », sur la musique de Sean Paul – Temperature. Holly étant plus souple, elle prend la main. C'est sans compter la volonté de gagner d'Hayden. Fin de la partie : égalité.

— Quoi ! Mais non, ce n'est pas possible, s'insurge Holly.

— Avoue que je suis aussi doué que toi, rigole Hayden.

— Certainement pas. JE suis la meilleure !

— Tu veux remettre ça ?

— Ca y est, ça recommence, déclare Jason levant les yeux au ciel.

— Ok, mais c'est Jason qui choisit.

— Certainement pas, ce n'est pas équitable, proteste Hayden. C'est Léxie.

— Et en quoi c'est plus équitable puisque vous êtes ensemble ?

— Oui, mais tu es de sa famille depuis bien plus longtemps.

— Je ne suis pas convaincue mais on n'a pas le choix…

— Je vous remercie de votre confiance ! Ça fait toujours plaisir, se vexe Jason.

— Ok, alors voyons voir… Tiens, ça sera parfait ça.

— DJ Alosi – Yameen Yasar !

— Mais on ne connait pas ça nous !

— Taratata, c'est moi qui décide.

— Moi j'en rigole d'avance ! Allez montrez-
nous le carnage, affirme Jason.

— Quand faut y aller, faut y aller, déclare
Hayden.

Holly affiche l'expression de quelqu'un allant à
l'abattoir. Au moins, ils nous ficheront la paix un
bon moment avec ce jeu. Je prends place aux côtés
de Jason pour assister au spectacle, après lui en avoir
tapé cinq avant.

Le verdict est enfin tombé et je crois que la défaite
cuisante que vient de subir Hayden va le poursuivre
un bon moment. Holly est tellement joyeuse qu'elle
sautille partout et fait sa danse de la victoire encore et
encore.

— Bon, vous allez nous lâcher avec ce jeu
maintenant ? affirme Jason.

À notre grand désarroi, nos deux amis se
regardent et se promettent tous les deux de remettre
ça, pour une revanche, un de ces jours.. Nous
sommes interrompus par la sonnerie d'un téléphone.
Hayden regarde l'écran de son téléphone et fronce les
sourcils.

— Excusez-moi.

Il sort sur la terrasse sans un mot de plus. Nous nous regardons tous les trois et Jason nous assure qu'il n'est au courant de rien.

> — Je le trouve de plus en plus soucieux et sur les nerfs, ces derniers temps.

> — Moi, il ne m'a rien dit, répond Holly.

> — À moi non plus. Il a des soucis au travail ? demande Jason.

> — Non, je ne crois pas. Il travaille de plus en plus à la maison, lorsque j'y suis. Je ne sais pas ce qu'il peut faire de ses journées.

> — Tu crois que ça a un rapport avec ton père ? me demande Holly.

> — Je ne pense pas, il y a autre chose.

> — Tu lui as posé la question ?

> — Oui mais il m'a répondu que ce n'était rien, la fatigue sûrement.

— Il s'est passé quelque chose en particulier ?

— Non. Ah si, maintenant que j'y pense… L'autre soir, lorsqu'il est venu me chercher au travail, il a paru soudain irrité par quelque chose. Quand je me suis retournée, il n'y avait rien. Juste une voiture qui partait.

— Tu penses que cette voiture vous observait ? s'inquiète Holly.

— Sans doute. Je ne sais pas.

Jason semble réfléchir un instant. Comme s'il avait une idée en tête, il me demande.

— Quel genre de voiture était-ce ?

— Je ne sais pas trop.. Une voiture de sport rouge. Une Ferrari je crois, tu sais comme celle de Hondo dans S.W.A.T..

— Une Ferrari rouge tu dis ?

— Oui pourquoi ?

— Jason, tu sais ce qu'il se passe ? lui demande Holly.

— Je ne suis pas sûr. Je crois que son frère conduit ce genre de voiture.

— Son frère ! déclarons-nous en chœur.

Jason hoche la tête et moi, je suis encore choquée par cette nouvelle.

— Pourquoi ne m'en a -t-il pas parlé ?

— Je croyais qu'ils étaient fâchés.

— C'est bien pour cela que ça m'étonne.

Chapitre 7

Hayden

— Maman, tout va bien ?

— Ça va mon chéri ? Dis-moi, aurais-tu croisé ton frère ces derniers jours ?

— Je l'ai aperçu effectivement. Pourquoi ?

— C'est bien ce qu'il me semblait. Comment vas-tu ?

— Tu veux dire, à part le fait que j'ai toujours envie de lui faire la peau ?

— Hayden, tu as choisi. Tu ne peux t'en prendre qu'à toi-même.

— Mais maman !

— Il n'y a pas de mais, Hayden. C'est peut-être mon fils mais il doit comprendre que son comportement a aussi des conséquences.

— Fais attention à toi, maman.

— Ne t'en fais pas mon chéri il ne m'arrivera rien. Par contre, garde tes distances. Je ne sais pas ce qu'il veut mais son retour n'est pas de bon augure.

— Maman, j'ai peur pour Léxie. Il l'a déjà approchée.

— Raison de plus pour ne pas le côtoyer. Est-elle au courant de la situation ?

— Non, je n'ai pas eu le courage de le lui dire. Elle a ses propres démons à gérer elle aussi, alors je ne veux pas en rajouter.

— Tu devrais lui en parler pourtant, sinon elle ne se méfiera pas. Trouve le courage au fond de toi.

— Et si elle ne me pardonnait pas mon mensonge ?

— Tu ne lui as pas menti Hayden. Tu ne lui as pas tout dit, c'est tout, mais le principal est vrai.

— Tu as sans doute raison. Je dois te laisser, ils sont tous là.

— Ne crois-tu pas que c'est le bon moment, justement?

— Que veux-tu dire ?

— Ton meilleur ami n'est même pas au courant. Ne penses-tu pas que c'est le moment de tout leur dire tant que tu les as avec toi ?

— Je ne suis pas sûr maman… C'est arrivé il y a longtemps. Je ne sais pas comment ils vont le prendre, encore moins Jason.

— Fais comme tu veux mais ce n'est pas en repoussant l'inévitable que les choses se passeront mieux. Hayden, tu ne m'as pas écouté la première fois. S'il te plaît, cette fois-ci, fais-le.

— Comment oses-tu me lancer la carte du « je te l'avais dit » ? Dois-je te rappeler l'accueil que tu as réservé à Léxie lorsque tu l'as rencontrée ?

— Hayden chéri, ce n'est pas la même chose.

— Peut-être.,

— Bon, ne parlons pas de ça maintenant. Fais attention à toi s'il te plaît.

— Promis maman. Toi aussi fais attention à toi.

— Je t'embrasse mon chéri.

— À bientôt maman.

Je reste un moment à réfléchir à ce que je dois faire quand je suis interrompu. Jason se tient près de moi et regarde la vue sur la ville sans un mot. Je sais qu'il meurt d'envie de savoir ce qu'il se passe. Pas par curiosité mais par inquiétude pour moi. Léxie a dû leur en toucher un mot.

— Tu es au courant ? demandé-je

— Non, parce que je veux que ce soit toi qui me le dise.

Je prends une grande inspiration et souffle.

— Il est revenu.

— Tu sais ce qu'il veut ?

— Non, mais je ne suis pas tranquille.

— Que se passe-t-il Hayden ?

— J'ai quelque chose à vous dire mais je ne sais pas comment vous l'annoncer.

— Tu m'inquiètes. C'est si grave que ça ?

— Suffisamment pour ne pas avoir réussi à vous en parler avant.

— Je t'écoute. Tu sais que tu peux tout me dire, H.

— Jason, avant toutes choses, je tiens à m'excuser pour ce que je vais vous révéler. Il faut que tu comprennes que ce n'était pas contre toi. A l'époque, je ne savais plus quoi faire.

Il hoche la tête en signe de compréhension.

— Et si nous allions en parler à l'intérieur avec les filles ?

Nous nous installons tous les quatre autour de la table. Je ne peux m'empêcher de trembler. Je continue de penser que c'est une mauvaise idée mais ils sont ma famille et je dois leur dire.

— Je…

Léxie pose une main sur la mienne et m'encourage silencieusement.

— Comme vous le savez, Olivia est décédée dans un accident de la route il y a cinq ans.

— Quel est le rapport avec le retour de ton frère ? m'interroge Jason.

— C'est la raison de notre dispute avec Caleb.

— Je ne vois toujours pas le rapport, Hayden, insiste Holly.

— Lorsque nous étions plus jeunes, Caleb et moi étions comme les deux doigts de la main. Ensemble, on a fait les quatre cents coups, au grand désarroi de notre mère ! Puis, nous avons grandi et nos bêtises avec, enfin celles de Caleb surtout. Lorsque j'ai commencé à devenir avocat, il voulait sans cesse que je l'aide pour se sortir des mauvais coups. Avec le temps, on s'est perdu de vue. Jusqu'à il y a cinq ans, lorsque j'ai reçu l'appel des pompiers m'indiquant qu'Olivia avait eu un accident. Avec Jason, nous sommes restés ensemble ce soir-là. , Nous sommes allés immédiatement à l'hôpital. Malheureusement elle est décédée sur le coup. Ce que tu ne sais pas Jason, c'est qu'en rentrant voir maman pour lui annoncer, elle était avec Caleb. La police l'avait appelée car c'est sa voiture qui a été retrouvée sur les lieux. Ma mère n'étant au courant de rien, ils lui ont demandé de repasser le lendemain.

Ils me regardent tous les trois, les yeux éberlués.

— C'est lui qui…

Je ne les laisse pas finir.

— C'est Caleb qui est responsable de la mort d'Olivia. Lorsque je l'ai compris, je me suis mis en colère. Nous nous sommes battus et Caleb a menacé de me balancer à mon patron si je le dénonçais. Je l'avais aidé dans ses affaires quelques mois auparavant. À cette époque, j'étais inconscient et ne voulais pas risquer ma carrière. Alors, nous avons déclaré que quelqu'un lui avait volé sa voiture et maman a dit qu'il était avec elle ce soir-là. Au début, elle ne voulait pas car selon elle, il devait payer pour ce qu'il avait fait. Ma fiancée y avait perdu la vie et elle ne l'a jamais accepté. Elle lui a dit de quitter la ville et de ne jamais revenir, sinon, elle s'occuperait de lui. Elle a appelé son avocat et lui a transmis une lettre indiquant la vérité, au cas où il ne l'écouterait pas. Bien sûr, personne n'était au courant de cette affaire. Je ne l'ai pas supporté et quelques temps après, j'ai pété les plombs. J'ai tout quitté pour partir sur Pénélope. C'est là que j'ai rencontré Rosalie, à qui j'ai tout dit. Elle était policière à cette époque. Elle m'a conseillé de tout avouer mais j'ai refusé. Du coup, elle a engagé quelqu'un qui devait vérifier que Caleb était bien parti. Elle l'a suivi un moment mais a vite laissé tomber lorsqu'elle s'est rendu compte qu'il ne reviendrait pas.

— Attends une minute... Je croyais que Rosalie était ta secrétaire ? me coupe Holly.

— C'est exact. Lorsque je l'ai rencontrée, elle était en reconversion professionnelle. Elle souhaitait un travail moins « risqué », comme elle aimait à le dire. Elle a gardé des contacts, alors, lorsque j'ai reconnu la voiture de Caleb l'autre soir, je l'ai appelée pour qu'elle se renseigne sur ce qu'il est venu faire ici.

— Et alors, tu as des nouvelles ?

— Aucune.

Un long silence s'installe. Je ne sais pas s'il s'agit d'une bonne ou d'une mauvaise nouvelle. Chacun digère les informations que je viens de leur donner. Léxie est la première à briser le silence.

— Hayden, j'ai fait une rencontre au restaurant ce jour-là. L'homme s'est présenté sous le nom de Caleb. Crois-tu qu'il s'agisse de ton frère ?

— En effet, c'était bien lui. Il m'a nargué au téléphone le lendemain. Malheureusement, ma réaction l'a mis en appétit. Chérie, je t'en supplie ne sors plus toute seule !À la moindre hésitation, je veux que tu m'appelle.

— Excusez-moi, annonce Jason en quittant la table.

Je me doutais que ça aurait été plus difficile pour lui. Je décide de le rejoindre afin de régler ça car je ne veux pas que notre amitié en pâtisse.

– Jason, je te demande pardon.

– Tu peux te les garder tes excuses ! Mais enfin, comment as-tu pu me mentir ?

– Jason, mec, ce n'était pas contre toi mais j'étais bloqué. Écoute, je suis désolé que tu m'en veuille mais…

– Abruti, siffle-t-il en me frappant.

Je reste stoïque un moment, ne comprenant pas ce qu'il lui prenait. Je savais qu'il allait mal le prendre, mais à ce point-là…

— Je ne t'en veux pas du tout, je suis hyper inquiet ! Comment tu as fait pour vivre avec un truc pareil ? Comment as-tu pu ne pas m'en parler ? Putain Hayden, tu te rends compte de ce que tu as vécu !

— Je suppose que je ne me suis pas rendu compte de ce qui s'était vraiment passé, avant de voir son cercueil descendre. Après, il était trop tard.

— Ses parents sont au courant ?

— Oui. C'est pour ça qu'ils ne veulent plus me voir.

— Comment l'ont-ils su ?

— C'est moi qui leur ai dit.

— Quoi ! Mais pourquoi tu as fait ça ?

— Parce que je leur devais la vérité. Ils avaient le droit de savoir ce qui était vraiment arrivé à leur fille. Ils devaient savoir que j'étais responsable.

— Mais l'association…

— Je leur devais bien ça. À tous les trois. En quelque sorte, c'est ma façon de me faire pardonner. C'est pour ça que je continue tous les ans et que je continuerai encore.

Chapitre 8

Léxie

« … et je continuerai encore »…

Cette simple phrase me fait comprendre qu'Olivia gardera toujours une place dans la vie d'Hayden. Peu importe si nous sommes en couple ou non, il aura toujours un moment qu'il consacrera uniquement à elle. Je ne sais pas comment prendre la chose. Est-ce une façon de me faire comprendre que nous resterons tels que nous sommes ? Mais nous sommes quoi justement ? Un couple ? Amants ?

J'ai tenté de ne pas montrer mon trouble. C'était sans compter sur ma meilleure amie qui visiblement l'a remarqué et se questionne également. Je pense qu'elle a compris ce qui me préoccupait.

La soirée se termine et avec Holly, nous nous promettons de nous revoir très vite.. Une fois la porte fermée, Hayden m'entraîne dans la chambre et me fait assoir sur le lit. Il s'agenouille devant moi et me prend les mains.

— On peut savoir ce que tu fais, je demande en haussant les sourcils.

— Rassure-toi, je ne veux pas te demander en mariage.

S'apercevant de mon malaise, il se reprend avec un sourire.

— Enfin, pas ce soir. Chérie, je veux que tu me fasses la promesse de rester le plus loin possible de Caleb. Je veux que tu me préviennes dès que tu sens quelque chose de bizarre. Et s'il te plaît, reste le moins possible seule.

— Et tu as besoin de te mettre à genoux pour me demander ça ?

— Parce que je suis le plus sérieux du monde Léxie.

— Oh !

— Tu ne sais pas ce qu'il est capable de faire. Je ne veux pas revivre ce que j'ai vécu par le passé. J'aimerais que ni toi, ni moi ne souffrions de nouveau. Je veux que nous vivions notre vie simplement et amoureusement. Je ne veux pas me réveiller chaque matin en me demandant ce qui va arriver ou si tu vas bien.

— Alors je ne vais pas te demander en mariage, pas pour l'instant en tout cas, ajoute-il avec un clin d'œil. Mais je veux que tu quittes définitivement ton appartement et que tu viennes vivre ici pour de bon.

— Je …

— Tu passes déjà toutes tes nuits et tes journées ici, lorsque tu ne travailles pas. Alors pourquoi gardes-tu encore cet appartement ?

Son visage reste tendu comme s'il pensait que j'allais refuser sa demande. Comment lui faire comprendre que garder mon appartement reste pour moi le moyen de me protéger contre toute éventualité ? Il est ma sécurité.

C'est à mon tour de m'agenouiller devant lui et de prendre ses joues dans les paumes de mes mains.

— Hayden, je ne vais pas refuser de rester ici, mais je ne vendrai pas mon appartement. Je tiens à le garder car il est mon lieu sûr, ma sécurité. Il me rappelle ma vie, entre mon enfance et ta rencontre. Je pourrais le louer mais je n'y tiens pas non plus. Est-ce que tu comprends ?

J'ai parlé d'une voix douce et calme pour ne pas risquer de le blesser. Il reste figé et me regarde dans les yeux. À cet instant, j'ai peur de l'avoir vexé ou pire encore.

— Ce n'est pas contre toi. J'ai confiance en toi mais au fond de moi, je sais qu'il faut que je garde un échappatoire.

Nous restons ainsi pendant un long moment qui me semble une éternité. Puis, Hayden revient à lui.

— Je comprends et je respecte ton choix. Promets-moi simplement de me prévenir lorsque tu ressentiras le besoin de t'échapper. Je préfère que nous discutions avant que tu ne prennes ce genre de décision. Je tiens à toi. Je tiens VRAIMENT à toi Léxie.

— Je te le promets. Et toi s'il te plaît, fais-moi la promesse de ne plus rien me cacher, même s'il s'agit de ta famille ou de ma sécurité.

— C'est promis.

— D'ailleurs, en parlant de secret, je dois t'avouer quelque chose moi aussi.

— Je t'écoute.

— Nous avons croisé mon père avec Holly et Jason tout à l'heure.

— Mais pourquoi tu ne me l'a pas dit ?

— Sûrement pour les mêmes raisons que toi pour ton frère, je réponds en esquissant un sourire. Rassure-toi, je n'étais pas seule. Quelque chose m'a perturbée lors de notre rencontre. Il m'a dit de faire attention à moi car j'étais en danger. Il était là l'autre soir, lorsque tu as vu la voiture de Caleb. Je ne sais pas mais j'ai comme le sentiment qu'il me cache quelque chose. Tu crois qu'il pourrait se connaître ou s'être déjà rencontrés ?

— Non, cela m'étonnerait. Caleb ne l'aurait pas laissé t'approcher s'il savait qu'il venait te prévenir.

— Je ne comprends pas ce qu'il fait là alors.

— Je ne sais pas. Je vais me renseigner.

Chapitre 9

Hayden

Quatre mois se sont écoulés depuis que j'ai parlé aux autres et toujours aucun signe de Caleb. Plus les jours passent, moins j'arrive à garder mon calme. J'aimerais vraiment savoir ce qu'il est en train de manigancer. Je suis passé voir maman ce matin. Elle aimerait organiser une soirée pour promouvoir la nouvelle collection de mode dont elle est présidente. Je ne sais pas comment elle fait pour mettre autant d'énergie dans toutes ces associations ou entreprises. Mais elle est comme ça, ma mère. Elle doit toujours être occupée sinon elle s'ennuie. Et une maman qui s'ennuie a tendance à souvent passer voir ses enfants, alors, autant dire que ses activités m'arrangent.

— Comment ça va mon chéri ?

— Très bien et toi maman ?

— Parfaitement bien. Peux-tu m'aider pour la décoration des tables ? J'hésite entre le violet et le parme.

— Maman, pourquoi te mettre autant la pression ? Ce sont les mêmes couleurs alors prends la moins chère.

— Certainement pas ! C'est une soirée très spéciale alors je dois prendre uniquement de la qualité.

— Maman, toutes les soirées sont spéciales à tes yeux ! Personne ne verra la différence.

— Si, moi je le verrai. Tiens, tu n'as qu'à aller chercher les tables qui serviront de buffet.

— Oui m'dame, je réponds au garde-à-vous.

J'aide à mettre en place les tables ainsi que les chaises et le bar. Cette fois-ci, maman a décidé de faire sa soirée dans un ancien club de striptease, car il a l'avantage d'avoir l'estrade adéquate. Toute la décoration va être refaite mais je n'ai pas le droit d'y assister : ma mère et sa manie de garder la surprise jusqu'à la dernière minute !

Je l'ai déjà prévenue que je viendrai avec Léxie, afin qu'elle se prépare à lui faire, cette fois-ci, meilleur accueil. Sa seule réponse a été « bien sûr, tu me connais mon chéri ». Tu parles que je la connais !

Je suis sur la route du retour lorsque je reçois un SMS de Jason me demandant de passer chez lui. Lorsque je me gare,, je comprends mieux ce qui m'attend. Un camion de déménagement trône devant l'entrée et plusieurs meubles sont éparpillés sur le trottoir.

— Tu aurais dû me prévenir que vous déménagiez.

— Premièrement, on ne déménage pas. Deuxièmement, certainement pas car tu ne serais pas venu ! Holly et Léticia se sont mises en tête de refaire toute la décoration de la maison, alors il faut faire place net.

— Bon, et que veux-tu que je fasse ?

— M'aider à tout charger dans le camion.

— Et tu stockes où ?

— J'ai loué une sorte de garage où je vais pouvoir mettre tout ça. Lorsqu'elles auront fini, on remettra tout.

— Elles en ont pour combien de temps, à ton avis ?

— Vu comment elles sont motivées, je pense que d'ici trois ou cinq jours, elles auront terminé.

— Trois ou cinq jours ! Mais elles font quoi ?

— Elles ont décidé de refaire toutes les peintures du salon-séjour.

Je suis mort de rire car c'est bien le genre des frangines. Jason affiche un air dépité sur le visage.

— Ben mon vieux, je n'aimerais pas être à ta place.

— Je sais, moi non plus !

Nous déménageons donc toute la maison en ne laissant que le strict minimum. Il faut bien qu'ils aient de quoi vivre pendant les travaux tout de même ! Je m'éclipse lorsque Holly veut m'embaucher pour les aider.

— Ça aurait été avec plaisir mais nous avons prévu de sortir ce soir, avec Léxie. Amusez-vous bien !

— Lâcheur, me lance mon ami en me fusillant du regard.

Je remonte en voiture un grand sourire aux lèvres, laissant Jason aux mains des patronnes du chantier.

Chapitre 10

Léxie

Ce soir, nous avons une réception. Hayden m'a confié que nous allions passer la soirée dans un club de striptease. Alors que l'idée ne m'enchantait pas plus que cela, il m'a quand même demandé de mettre ma plus belle robe de soirée. Comme s'il fallait être vêtue d'une robe digne des tapis rouge de Cannes pour aller en boîte ! Bon, j'ai tout de même fait l'effort en le voyant dans son costume blanc, au col et manchettes noirs.

J'ai enfilé une longue robe noire simple, striée par trois larges bandes blanches sur le côté. Mes cheveux bouclés retombent sur les épaules et j'ai finalement opté pour des escarpins à bouts fermés, avec lanières à la cheville. Mon maquillage reste simple, sans être trop discret. Lorsque Hayden pose son regard sur moi, je constate qu'il valide ma tenue avec intensité, ce qui me procure une chaleur dans le bas du ventre.

L'entrée se fait plus calmement que lorsque nous sommes allés au gala de charité. Il n'y a pas cette bande de vautours armés de leur appareil photo. C'est vrai que le lieu, vu de l'extérieur, ne donne pas très envie : lorsque nous arrivons, nous savons que nous entrons dans une boîte de nuit.

C'est donc à reculons que je pénètre dans les lieux. Cependant, la décoration intérieure me laisse sans voix. Rien n'indique qu'il s'agisse d'un bar de striptease. De grands voiles en lycra blanc ont remplacé les rideaux rouges. De longues guirlandes de boules de diamant habillent les barres de pole dance. Les tables sont drapées de nappes blanches. De gros nœuds de couleur parme ainsi que des bougeoirs en or donnent l'impression d'un coin chaleureux. La salle n'est éclairée que par des projecteurs de couleur parme, ce qui change complètement l'ambiance de la pièce.

Nous approchons de Charlotte, la mère d'Hayden et je sens mon corps se tendre de plus en plus. Hayden doit le sentir car il me caresse la main tendrement et me chuchote à l'oreille :

— Ne t'en fais pas, je lui ai demandé d'être gentille.

— Je croyais que ce n'était pas son genre ?

Hayden esquisse un petit rire et confirme mes dires.

— C'est vrai qu'elle peut paraître dure, vu de l'extérieur. Essaie plutôt de la voir comme une lionne qui tente de protéger sa progéniture.

— Je lui fais donc si peur que cela ?

— Tu es quand même celle qui lui vole son fils chéri, s'amuse-t-il.

Je souris à cette suggestion, au moment même où Charlotte se tourne vers nous. Elle commence par prendre son fils dans les bras et l'embrasse sur le front. À ma grande surprise, elle fait de même avec moi.

— Ah, les enfants, ça me fait tellement plaisir de vous voir ! Léxie, comment ça va ma chérie ?

Nous nous regardons tous les deux interloqués. Hayden finit par lever les yeux au ciel.

— Maman, tu n'as pas l'impression d'en faire trop, quand même ?

— Pourquoi dis-tu cela mon chéri ? Je vous ai choquée, Léxie ?

— Non, ça va Madame. Je vais très bien, merci beaucoup.

— Je vous en prie, pas de chichis entre nous. Appelez-moi Charlotte.

Je crois que je ne vais pas m'en remettre de sitôt. Je me demande ce qu'Hayden a bien pu lui dire pour qu'elle se mette à réagir comme ça. Je repense au fait qu'il m'ait avoué qu'ils avaient parlé tous les deux. Il lui a annoncé que si elle ne faisait pas d'efforts, alors, il ne viendrait plus la voir. Je comprends mieux cette sympathie si soudaine envers moi.

La suite de la soirée se passe merveilleusement bien. Nous ne nous quittons presque pas avec Hayden et le défilé de mode est une vraie réussite. Finalement, Charlotte s'avère vraiment être une femme bien. Je commence à comprendre son engouement à se soucier de son fils. Dans un sens, je crois que je suis simplement jalouse de ne pas pouvoir bénéficier de ce genre de traitement venant d'une mère.

Ce sont ces moments qui me font regretter de ne pas avoir pu profiter d'elle plus longtemps. Généralement, la seule façon de combler ce manque, c'est d'appeler Holly ou mamie Li. Elles me réconfortent à leur manière.

Plus j'apprends à connaître Hayden et sa famille, plus je me dis que nous nous ressemblons plus que de raison. Nous avons chacun nos soucis et nos fantômes mais dans le fond, nous essayons tous les deux de faire confiance aux gens. Chose qui n'est pas facile lorsque nous avons vécu tant de déceptions.

Nous rentrons enfin à la maison et je ne suis pas mécontente d'enlever mes escarpins. C'est fou ce qu'une paire de chaussures peut vous faire sentir belle et vieille à la fois. Les porter toute une soirée a fini par devenir une vraie torture. J'ai à peine enlevé la deuxième qu'Hayden apparaît devant moi, torse nu et le regard brûlant. Jusqu'ici, j'arrivais à lui faire comprendre que j'avais encore un peu de mal avec ce type de relation. Mais sa façon de me regarder me procure un immense bien-être. Il me donne vraiment la sensation d'être devenue une femme sans aucun souci.

Il s'approche de moi et commence à m'attraper la nuque, afin de déposer un baiser sous mon oreille. Sous cette caresse, mon corps vient de se remplir de mille frissons, comme s'il réclamait ce que je ne lui ai pas donné depuis longtemps. Ses mains glissent le long de mes bretelles et ma robe tombe dans une chute silencieuse. Lorsqu'il murmure à mon oreille, son souffle chaud m'émoustille de plus belle. Je me perds dans ses iris pendant qu'il me soulève et me porte jusqu'à la chambre.

Hayden arrive à effacer toutes mes pensées. À cet instant précis, il n'y a plus de Léxie, enfant battue par son père, ni d'accident de voiture qui fait perdre une fiancée à un homme déchiré. Il n'y a que nous et cet amour qui brûle entre nos corps.

Je ne peux empêcher mon corps de se tendre lorsqu'Hayden se place au-dessus de moi. Il prend son temps et me rassure. Mon cœur s'accélère lorsqu'il dépose des baisers le long de mes cuisses. Je gémis, écrasée de plaisir. Mon corps enveloppe le sien, submergé par le désir.Lorsqu'enfin, je rouvre les yeux, je vois son visage au-dessus du mien, ses iris plongés dans la contemplation de mon corps encore transpirant.

— Tout va bien ? me demande-t-il d'une voix à demi-enrouée.

— C'est parfait, je te remercie.

Il me dépose mille baisers, avant de s'allonger contre mon dos pour me serrer contre lui. Nous nous endormons ainsi paisiblement, la tête remplie de plaisir.

Chapitre 11

Léxie

Cette nuit, je me réveille en sueur et mon dos me brûle. Je m'éclipse de la chambre pour ne pas réveiller Hayden et je cours dans la salle de bain. Là, je m'allonge sur le sol. Il est froid et je me sens soulagée. Je reste ainsi pendant un long moment, puis je finis par m'assoupir.

Je hurle lorsque je sens une main sur ma joue. En ouvrant les yeux, je constate que c'est Hayden qui s'est levé.

— Ce n'est que moi chérie. Tout va bien, je suis là.

Je regarde autour de moi et me sens complètement perdue.

— Où suis-je ?

— Dans la salle de bain.

— Que s'est-il passé ?

— A toi de me le dire. Lorsque je me suis réveillé, tu n'étais plus dans le lit. Je t'ai cherchée dans toute la maison. Je commençais à m'inquiéter lorsque je t'ai trouvée, allongée ici.

Je m'efforce de me souvenir comment j'ai fait pour être allongée dans la salle de bain. Petit à petit, des bribes de cette nuit me reviennent à l'esprit.

— J'ai dû faire un cauchemar. Je me suis réveillée avec la sensation que mon dos me brûlait.

— Pourtant, ça fait longtemps que tu n'en as pas eus.

J'évite son regard et me contente de me lever doucement.

— Léxie ?

— En fait, cela fait un moment que je recommence à voir des douleurs et que je fais des cauchemars. Lorsque tu étais en déplacement la semaine dernière, j'ai passé mes nuits dans mon appartement avec Holly.

— Quoi ! Mais pourquoi tu ne m'as rien dit ?

— Je… Je ne sais pas. Je suis retournée voir mon psy pour essayer de comprendre. Je ne sais vraiment pas ce qui se passe et pourquoi tout revient, comme ça.

— Chérie, tu dois me dire ce genre de choses ! C'est pour cela que je te demande, chaque fois que je dois faire un déplacement, de venir avec moi…

— Mais je ne peux pas faire ça, Hayden. Je ne vais pas changer tout mon planning, chaque fois que tu pars en déplacement, sous prétexte que je ne suis plus capable de dormir toute seule.

— Je comprends mais… Bon.. Et que t'a dit le psy ?

— Rien en particulier. Il pense qu'il y a peut-être un élément qui déclencherait tout ça.

— Tu penses à ton père ?

— Je ne sais pas, mais visiblement, la présence de mon père et de ton frère doivent avoir un rapport. Tout a commencé après leur arrivée.

— Très bien. Alors, on va en finir une bonne fois pour toutes.

Il prend son téléphone et écrit un message à quelqu'un. La réponse ne se fait pas tarder.

Il répond aussitôt mais ne me laisse pas voir son message.

— À qui écris-tu ?

— À la seule personne capable de me répondre et de mettre fin à cette histoire.

— Ce qui veut dire ? j'insiste.

— Ne t'en fais pas ma chérie, je gère la situation.

Il m'embrasse sur le front et part en direction de son bureau.

— Je vais travailler un peu, repose-toi en attendant.

— Je vais bien, je te remercie.

— Tu n'as pas dormi dans ton lit donc non, tu ne vas pas très bien. Il serait bien que tu te reposes un peu, tu en auras besoin.

— Mais enfin, pourquoi tu dis ça, qu'est-ce que tu as fait ?

— J'ai envoyé un message à Rosalie pour qu'elle retrouve ton père et qu'on aille le voir.

— Quoi ! Mais pourquoi ?

— Parce que je veux savoir ce qu'il veut et surtout, je veux, une bonne fois pour toutes, qu'il te laisse tranquille. Dès qu'elle l'aura retrouvé, nous irons le voir avec Holly. C'est pour cela que je pense qu'il vaut mieux que tu ailles dormir un peu.

Il s'en va, mais je sens qu'il me cache quelque chose. Pourquoi veut-il lui parler soudain ? Et pourquoi avec Holly ?

Chapitre 12

Hayden

Il est temps de savoir ce que ces deux-là nous veulent. Ce que je n'ai pas dit à Léxie, c'est que je compte aussi aller voir Caleb. Rose m'a enfin envoyé un sms pour me dire où se cache le père de Léxie. Il ne se trouve pas loin de nous, puisqu'il est au bar, près du travail de Léxie.

Nous passons prendre Holly chez elle et allons trouver cet homme, que j'espère bien envoyer le plus loin possible de sa fille. Lorsque nous entrons dans le bar, il se trouve dans un coin. Il fixe son verre de bière, comme s'il se demandait s'il allait le boire. Il lève les yeux une fraction de seconde et tombe sur nos trois paires d'yeux, braqués sur lui. Il se redresse en fronçant les sourcils, puis nous fait signe de nous asseoir.

— Que puis-je pour vous ?

Je suis le premier à prendre la parole.

— Nous aimerions savoir ce que vous nous voulez et comment vous faire partir loin de nous.

— Je vous le répète encore une fois : je suis venu demander le pardon à ma fille et prendre soin d'elle, comme j'aurais dû le faire lorsqu'elle était enfant.

— Ça, il fallait y penser avant de cogner, Monsieur, s'emporte Holly.

Léxie reste silencieuse et passe un bras autour de son amie. C'est fou, mais plus je les regarde, plus j'ai l'impression que les rôles sont inversés. C'est Holly qui s'énerve et Léxie qui la réconforte. Leur amitié et le dévouement qu'elles ont l'une pour l'autre me laissent vraiment sans voix.

— Jeune fille, je vais t'apprendre à parler lorsque c'est nécessaire, commence l'homme en face de nous.

— S'il vous plaît, essayons de rester calme, j'essaie de temporiser.

— Sache que cette histoire ne te regarde pas. Je te prie de ne pas parler au nom de ma fille. Elle est assez grande pour s'exprimer toute seule.

Nous tournons tous les trois la tête vers Léxie, mais celle-ci ne dit rien. Elle est comme absorbée dans ses pensées. Elle affiche un visage fermé et un éclair de douleur passe sur son visage. Je donnerais tout pour savoir ce qu'elle pense en ce moment.

— Léxie, chérie, s'il te plaît. Je voudrais tellement remonter le passé et recommencer depuis le début. Je te prie de me pardonner pour mes erreurs. Je suis ton père et tu as besoin de moi. Je ne peux pas te dire pourquoi, ni comment, mais j'ai la sensation que tu es en danger.

— Monsieur DUMAS, vous ne pouvez pas revenir comme ça et penser que tout va redevenir comme avant. Vous lui avez fait du mal, beaucoup de mal. Pour ma part, je trouve que vous n'avez pas payé suffisamment cher par rapport au traumatisme que votre fille a subi.

Voyant qu'il commence à m'interrompre, je lève un doigt et continue.

— Mais je ne vous ai pas fait rechercher pour vous parler de mon ressenti à votre encontre. Ce qui m'intéresse, c'est de savoir pourquoi vous la pensez en danger et surtout par qui.

— Comme si tu ne le savais pas.

— Justement non, je ne vois pas. Je vous en prie, éclairez-moi.

Il se rapproche de la table et me regarde droit dans les yeux. Puis, prenant sa voix la plus mordante, me souffle :

— Mais c'est de toi dont il s'agit !. C'est de toi que je veux l'éloigner. Tu es mauvais pour elle. Tu ne vas lui apporter que malheurs et tourments.

Cette fois-ci c'en est trop. Je me lève d'un bond et le prends par le col, faisant sursauter tout le monde autour de nous.

— Ecoute-moi bien, espèce de vieux pervers ! J'aime Léxie et ne laisserai jamais personne me dire le contraire. Contrairement à vous, je ne lui ai jamais fait de mal, volontairement du moins. Jamais je n'ai levé la main sur elle et jamais je ne le ferai.

Le patron du bar nous somme de sortir et de laisser ses clients tranquilles. Je relâche ma pression et cet homme répugnant me lance :

— Jamais je ne la laisserai entre vos mains. Vous et votre frère resterez éloignés de ma fille ! J'y veillerai personnellement.

Je suis sur le point d'y retourner lorsque Léxie me prend par le bras et me fait non de la tête. Une fois à l'extérieur du bâtiment, j'explose.

— Mais enfin Léxie, pourquoi n'as-tu rien dit. Il s'agit de ton bourreau, nom d'un chien ! J'ai la sensation que son retour ne t'affecte même pas. Enfin, tu vois bien qu'il n'a pas changé et qu'il reste dangereux !

Elle reste muette, les larmes au bord des yeux.
Holly est aussi énervée que moi, je le vois bien, mais
nous savons tous qu'il n'est pas nécessaire qu'elle en
rajoute.

Chapitre 13

Léxie

Je n'arrive pas à expliquer pourquoi je suis restée muette. Lorsque je me suis retrouvée devant lui, j'étais comme tétanisée. Tous les souvenirs ont refait surface. Quelque chose en moi m'empêche de lui dire ce que je pense vraiment de lui, alors que j'en aurais besoin.

Hayden m'a laissée avec Holly. Il a prétexté un rendez-vous dans le coin, mais j'ai la sensation qu'il me cache quelque chose.

— Holly, je vais rentrer seule. Tu peux aller retrouver Jason si tu veux.

— Non Léxie, il n'est pas question que je te laisse. Je l'ai promis à Hayden. Jason travaille donc je ne suis pas forcée de rentrer tout de suite.

— J'ai quelque chose à faire avant et je ne veux pas que tu sois mêlée à ça.

— Il n'est pas question que je te laisse seule, tant pis pour moi. En plus, je me doute de ce que tu veux faire.

— Ah bon ?

— Léxie, dois-je te rappeler que je suis ta meilleure amie ? Je te connais par cœur. Tu veux savoir ce que Hayden te cache et je dois avouer que je suis aussi curieuse que toi !

— Mais je ne veux pas qu'il t'arrive quelque chose…

— Tout comme je ne veux pas qu'il t'arrive quelque chose, à toi, me coupe-t-elle.

— Bon ok. On doit rester les plus discrètes possible. Il ne faut surtout pas qu'il nous remarque.

— Génial, j'ai toujours rêvé suivre un homme
subtilement, pour savoir ce qu'il cache. On se
croirait dans un film !

— Ne t'excite pas trop Holly, ce n'est pas une
filature. On veut juste savoir où va Hayden.
Ensuite, on s'en va.

Nous suivons Hayden discrètement. Je suis ravie
de constater que nous passons inaperçues, lorsqu'au
détour d'une rue, nous nous retrouvons face à lui.

Il me dévisage sévèrement. J'ai même la sensation
de voir une lueur dans ses yeux que je ne lui ai
encore jamais vue.

— On peut savoir ce que vous faites là ? Arrêtez
de me suivre !

— Mais… Euh, on ne te suit pas, commencé-je.

— Je voulais lui montrer une nouvelle boutique
qui se trouve dans le coin.

Hayden nous regarde d'un air suspect. Puis, un
sourire en coin, nous demande où se trouve cette
« *nouvelle boutique* ». Holly qui, je dois l'avouer,
joue à merveille la comédie, se retourne dans tous les

sens. Elle finit par hausser les épaules en disant qu'on avait dû se perdre dans toutes ces ruelles.

Mon amoureux n'en croit pas un mot mais a la gentillesse de ne pas en rajouter.

— Léxie, je ne veux pas que tu viennes avec moi, pour la simple et bonne raison que je vais voir Caleb.

J'en reste coite. Je prends conscience de sa détermination à savoir ce que trament nos deux invités indésirables.

— Maintenant que j'ai répondu à ta curiosité, peux-tu me laisser y aller seul et rentrer à la maison avec Miss détective s'il te plaît ?

Je souris au nom donné à ma meilleure amie. Hayden m'embrasse. Nous sommes sur le point de rebrousser chemin quand Hayden se fait héler par une voix de ténor. Il se retourne puis me jette de nouveau un regard noir. L'homme arrive à notre hauteur. Je reconnais immédiatement le frère d'Hayden, que j'ai rencontré au bistro de la grande rue l'autre jour. Un frisson me parcourt le dos. S'en apercevant, Hayden fronce les sourcils et se rapproche de moi.

— Tout doux frangin… Je ne vais rien lui faire à ta précieuse copine.

Il s'approche de moi et me prend la main pour la biser.

— Ravi de te revoir Léxie. Tu es décidément toujours aussi magnifique.

— Enchantée, je réponds sur la défensive.

— Et je présume que tu es Holly, la femme du meilleur ami de mon frère.

— On s'est déjà rencontrés inutile de faire ton numéro de charme.

Caleb s'ébroue un instant mais se reprend vite afin de ne pas montrer son trouble.

— Mmmh, certes, mais on ne s'est vus que très rarement. Comment va Jasper ?

— C'est Jason et il va bien, merci.

— Toujours avocat ?

— Qu'est-ce que tu veux Caleb ?

— Hayden, ne nous interromps pas s'il te plaît. Ce n'est pas très poli envers tes amis, qui souhaitent peut-être échanger un moment. Allez, montez si vous voulez. On va discuter.

— Je préfèrerais aller au café.

Les deux frères se toisent un instant puis Caleb capitule. Il nous emmène dans un bar deux rues plus loin. Nous nous installons à une table, Caleb en face de nous trois. Celui-ci a l'air contrarié par la disposition des tables mais se ravise. Il commande un café pour Holly et moi, un verre de scotch pour lui et Hayden. Nous sommes pourtant en plein milieu de l'après-midi.

Chapitre 14

Hayden

Si j'avais su que les filles me suivaient, je serais sûrement passé par un autre chemin. Je n'en reviens pas qu'elles soient aussi stupides pour être venues avec moi ! Dieu seul sait ce qui va se passer et jamais Jason me pardonnera si je les mets en danger.

Caleb nous a emmenés dans un café à quelques rues de chez lui. Même dans un bar, je reste sur mes gardes car je ne suis pas tranquille de savoir Holly et Léxie avec moi. Ce n'était pas le plan. Je me dis que j'ai bien fait de mettre Rose dans la confidence de cette rencontre. Au moins, s'il nous arrive quelque chose, elle ne mettra pas longtemps à rappliquer.

— Bon, qui attaque le premier ? demande Caleb en croisant les bras.

— C'est moi qui suis venu te voir. Elles sont là uniquement pour m'accompagner.

— Très bien. Je t'écoute.

— Pourquoi es-tu revenu ?

Caleb part dans un rire si bruyant que certains clients se retournent sur eux-mêmes. Il a pris désormais une posture décontractée et nonchalante, comme si le café lui appartenait.

— Hayden, tu ne changeras donc jamais. Je suis venu pour voir ma famille et parce que j'ai des affaires dans le coin.

— Tu travailles dans quel domaine ?

— Tu es bien curieux frangin ! Veux-tu que je te montre mon CV ou mes diplômes ?

— Tes diplômes je l'ai connais, tu n'en as aucun, sauf celui de dealer en chef.

— Tu vas finir par me vexer Hayden. Je pensais que tu me connaissais mieux que ça.

— Quand est-ce que tu repars ?

— Je ne sais pas, je me plais de plus en plus ici.
Les filles sont très mignonnes.

Il a ajouté cette phrase en regardant Léxie droit
dans les yeux. Il me donne envie de vomir. Cette
dernière se racle la gorge, mal à l'aise.

— J'aimerais vraiment que tu me dises ce que tu
manigances ? Caleb, tu n'as plus rien à faire
ici. Plus personne ne veut de toi, alors retourne
d'où tu viens.

— Tu oublies maman.

— Maman est certainement la première personne
à ne plus vouloir te voir.

— Ce que tu exagères ! Je vais te faire une
faveur. Laisse-moi le temps d'un dîner avec
cette magnifique jeune femme. Je te promets
de partir loin d'ici, si elle me le demande.

— Il n'en est pas question, jamais elle…

— ELLE peut se défendre toute seule, me coupe
Léxie.

Elle se rapproche le plus près possible de Caleb, par-dessus la table. J'espère qu'elle n'essaie pas de l'impressionner car je doute que cela fonctionne.

— Vous ne manquez pas de toupet de me draguer aussi ouvertement devant Hayden, alors que vous savez très bien que nous sommes ensemble. Je suis navrée de vous décevoir mais je ne suis aucunement intéressée par les hommes de votre genre. Je dirais même plus je les fuis le plus possible.

— Les hommes dans mon genre… Poupée, tu ne sais même pas à qui tu t'adresses là !

— Je m'adresse à l'une des plus grosses pourritures qui puisse exister sur cette planète. Votre genre est le même que celui qui m'a servi de père durant mon enfance. Une enflure de la pire espèce !À en croire les dires sur votre passé, et votre attitude face à nous en ce moment, je sais que je ne me trompe pas. Il n'est pas question que j'accepte quoi que ce soit de votre part. Encore moins un dîner. Maintenant, si votre but est de gâcher la vie de votre frère une seconde fois, allez-y, ne vous gênez pas ! Sachez seulement qu'il n'est plus le même qu'il y a cinq ans. Il va aussi falloir trouver autre chose que me séduire car vous n'êtes pas prêt d'y arriver !

A la fin de sa tirade, Léxie décide qu'il est temps que nous partions. Plus rien de ce que nous pourrions dire ne le fera changer d'avis. Nous nous levons et Caleb se met à applaudir. Elle se retourne sur lui et hausse un sourcil.

— Bravo, je te félicite. Je vois que mon frère a dressé un beau portrait de moi et on peut dire que tu as ce qu'il faut pour te défendre. Laisse-moi deviner ce qui a pu te rendre comme ceci…Je doute que ce soit l'amour pour mon frère qui te permette de me parler sur ce ton. Je dirais que tu as construits toute une barricade au fond de toi pour te protéger des autres et de toi-même. Je félicite mon frère pour avoir réussi à passer outre cette carapace. A en juger par ton comportement, je dirais que ton père n'a pas été un modèle pour toi. Alors quoi, il te battait ?

A ces mots, Léxie fronce les sourcils et se tend.

— Eh oui, je connais ton passé moi aussi, même si je doute qu'Hayden t'ait tout raconté du mien.

— Nous savons tout, insiste Holly.

Caleb se lève et finit son verre cul sec.

— Vous savez tout hein. Bien, alors puis-je vous donner ma version des faits ? Ou alors, vous me condamnez déjà pour quelque chose dont je ne suis pas le seul fautif ?

— Qu'est-ce-que tu veux dire Caleb ?

— Je veux dire que je ne suis pas le seul responsable de la mort de ton ex-fiancée. Sache qu'Olivia n'était pas toute blanche dans cette histoire.

— Je t'interdis de parler d'elle, fumier.

— Elle ne t'aimait que pour ton argent.

— Arrête ça tout de suite.

— En réalité, nous étions amants. Elle aimait passer du bon temps avec moi et nous nous défoncions souvent ensemble.

Je le regarde avec un mélange de surprise et de colère.

— Comment, tu ne savais pas qu'elle se droguait ? Hayden, es-tu sûr de l'avoir bien cernée ?

— Non, tais-toi ! Tu n'as pas le droit de salir son honneur, maintenant qu'elle n'est plus là. Tu ne la connaissais pas.

— Si, je la connaissais même mieux que toi. C'était une toxico qui ne désirait qu'une chose : ton argent, pour pouvoir en avoir toujours plus. Elle s'est bien gardée de te révéler tout ça.

— Arrête, tu mens ! Si elle était vraiment accro, comme tu le prétends, je m'en serais rendu compte.

— Elle était souvent malade. Elle se mettait en colère et piquait une crise lorsqu'elle sentait les tremblements monter en elle. Bien sûr qu'elle était capricieuse, mais elle cachait son jeu.

Chapitre 15

Léxie

Je crois que cette discussion va beaucoup trop loin. Hayden est sur le point d'exploser et ne se rend même pas compte que Caleb fait tout pour le pousser à bout. Il faut que nous intervenions au plus vite, avant que l'un ne se mette à frapper l'autre.

— Caleb, dis-nous ce que tu veux et tu l'auras. Promets-nous seulement de disparaître une bonne fois pour toutes après ça.

— Soit. Puisque vous tenez tant à le savoir, je vais vous le dire. Je veux récupérer mon fils.

Nous nous regardons tous les trois sans comprendre. Hayden est le premier à briser le silence.

— Ton fils ?

— Oui, mon fils. Il s'appelle Logan et il a 6 ans.

— Il est où ?

— Comme si tu ne le savais pas.

— Non, je t'assure que je n'étais pas au courant que tu avais un enfant.

— Maman le sait pourtant.

— Mais, comment…

— Hayden, je ne vais pas te faire un dessin.

— Non. Ce que je veux dire, c'est comment…, enfin qui est la mère ?

Caleb sourit un moment puis se rassoit et cale ses mains sur ses bras. A cet instant précis, je crains le pire. Les mots qui sortent de sa bouche confirment mes soupçons.

— Sa mère est décédée il y a cinq ans lors d'un accident de voiture.

— Mais de quoi tu parles à la fin ?

— De son bébé bien sûr. Hayden, frérot, ce n'était pas le tien !

— De quel bébé tu parles ? Olivia n'a jamais été enceinte, nous n'avons pas eu d'enfant.

— Alors ça aussi, elle te l'a caché. Je suppose que tu n'as pas revu ses parents depuis ce jour. Sinon, tu l'aurais vu, bien sûr.

— Je croise ses parents une fois par an lors du gala organisé en son honneur. Il n'y a pas d'enfant avec eux. Jamais. Caleb, si c'est encore une de tes combines pour me faire sortir de mes gonds, cette fois-ci, ça ne fonctionnera pas. J'ai vécu avec elle pendant près de quinze ans. Si Olivia avait été enceinte, j'aurais été le premier au courant, tu ne penses pas ?

— Tu oublies certainement le moment où elle est partie pour son stage dans le centre de la France.

Hayden se tient la tête, ne comprenant pas comment il a fait pour ne rien voir.

— Tu n'avais pas vu qu'elle avait pris un peu de poids avant de partir ?

— Non, enfin rien qui ne justifiait que je m'inquiète pour elle ou qu'elle soit enceinte.

— Tu ne la regardais donc plus ! fait remarquer Caleb.

Soudain, Hayden se met dans une colère noire. Holly et moi essayons de le retenir mais il est bien plus fort que nous. En moins de temps qu'il ne le faut pour le dire, il lui fracasse le nez avec son poing.

— Hayden, ça suffit, arrête ! Il n'en vaut pas la peine, hurle Holly.

— Le mal est fait. Tu ne pourras pas retourner en arrière, ajouté-je.

— Mais qu'est-ce que je t'ai fait, à la fin, pour que tu me fasses subir tout ça ?

Caleb sourit mais il ne montre pas autant d'assurance qu'avant. Une sorte de tristesse s'est installée en lui.

— Tout ce que je veux, c'est récupérer mon fils. Après, vous n'entendrez plus parler de moi. Elle n'avait pas le droit de m'empêcher de le voir. Comme je suis son père et qu'elle est décédée, théoriquement, j'ai tous les droits sur lui. C'est pour cela que je suis revenu. Je cherche un bon avocat qui pourrait m'aider à récupérer mon fils. Ensuite, nous mettrons les voiles.

— Tu n'y penses pas quand même ! Et les parents d'Olivia ne le verront plus ?

— Ce n'est pas mon problème. Ils l'ont eu pendant cinq ans, c'est mon tour. Je ne leur interdirai pas de venir lui rendre visite s'ils le souhaitent. Seulement, c'est avec moi qu'il vivra.

— Et finir comme toi, un dealer toujours en fuite? j'ajoute avec mépris.

— Hayden, cet enfant m'a changé la vie. Grâce à lui, je suis devenu quelqu'un de meilleur et je ferai tout pour qu'il soit heureux. Tu comprendras le jour où tu auras des enfants.

Je lève les yeux au ciel et marmonne un « *mais bien sûr, je suis la preuve vivante qu'un père peut rendre heureux* ».

Je crois que Caleb m'a entendue car il me jette un regard interrogateur. Je serre les poings. Je sursaute lorsque je sens une main prendre la mienne. C'est celle d'Hayden. Je le regarde tristement en essayant de ne plus penser à mon passé.

Chapitre 16

Hayden

Je continue de regarder Léxie en réfléchissant à ce que nous pourrions faire. Déjà, je suis rassuré de savoir que Caleb n'en a pas après elle. C'est un très bon point pour nous, cela signifie qu'elle ne craint rien de la part de mon frère. A part peut-être de se faire draguer chaque fois qu'il va la croiser. Soudain, une idée me vient en tête. Alors même que je songe à la repousser, les mots sortent tous seuls :

— Je vais t'aider.

Tous les regards se braquent vers moi, surtout celui de Léxie qui hausse les sourcils. Caleb manque de s'étouffer avec la gorgée de whisky qu'il vient de prendre et Holly se tape la main contre son front.

— Je te demande pardon, interroge mon frère.

— Je vais t'aider. Je vais plaider ta cause pour que tu récupères ton fils.

— Pourquoi ? me chuchote Léxie.

— Pour se débarrasser de moi pardi, intervient Caleb.

— C'est exact. Ne crois pas que je le fais pour toi. Je le fais surtout pour Logan. Je pense qu'il doit apprendre à connaître son père, même si je ne suis pas sûr que tu aies une bonne influence.

— Je croyais que tu n'étais plus avocat mais DRH ?

— Et alors, je reste avocat tout de même.

— Mais ce n'est pas ton domaine, insiste Léxie.

— Ça reste défendable tout de même. Je demanderai à mon collègue de me seconder.

— Hayden, je…, commence Caleb avant que je ne le coupe.

— Tu me remercieras lorsque ça sera fait et en partant d'ici le plus vite possible. Nous allons mettre un rendez-vous au cabinet, pour faire cela dans les règles. Tu devras apporter tous les papiers que tu as en ta possession.

Je sors mon téléphone portable et ouvre mon agenda.

— Présente-toi demain matin à 9h, au cabinet. Demande Maître Alexandre.

— Si tôt que ça !

— Tu veux revoir ton fils ou pas ?

— Oui d'accord. Très bien, je serai là. J'apporterai le certificat de naissance.

— Parfait. Alors à demain.

Nous nous levons et laissons Caleb attablé, encore surpris de la tournure qu'a pris la discussion. Lorsque nous sommes enfin dehors, Léxie ne tient plus et me lâche :

— Pourquoi est-ce que tu l'aides après tout ce qu'il t'a fait ?

— Je ne sais pas. Je crois que, dans un certain sens, je m'en doutais. Mais surtout, je ne veux plus rien avoir à faire avec lui. Plus vite il aura ce qu'il veut, plus vite il partira loin d'ici.

— Tu lui pardonnes ?

— Certainement pas ! Tu veux bien rentrer avec Holly, il faut que j'aille voir quelqu'un.

— Mais…

— Il n'y a pas de mais. Rentre à la maison s'il te plaît. Je te promets de ne pas revenir tard.

— On peut savoir où tu vas ?

— Je vais voir ma mère !

* * *

Comme je le craignais, ma mère était au courant de la situation. C'est pour cela qu'elle ne voulait plus voir Caleb. Elle savait que tôt ou tard, je finirais par l'apprendre et ne voulait pas me faire endurer tout ça, en plus de l'accident. Elle non plus n'a pas compris pourquoi je voulais l'aider à récupérer son fils. Je dois avouer qu'avec toutes ces interrogations, je commence à ne plus trop savoir moi-même.

J'ai appelé les parents d'Olivia qui n'ont pas du tout apprécié ma démarche. Mais dans un sens, ils me devaient bien ça. Ils m'ont menti pendant toutes ces années. Je me sens peut-être coupable pour ce qui est arrivé à leur fille, mais de leur côté, ils le devraient aussi pour m'avoir caché cet enfant. Ils m'ont dit qu'ils allaient engager le meilleur avocat car « *il n'était pas question d'abandonner leur fils* ».

Cela ne va pas être une partie de plaisir pour eux puisqu'Olivia n'a fait aucun papier indiquant qu'elle leur laissait la garde. C'est donc au père que revient la garde de l'enfant. Il se trouve que le père, c'est bien Caleb, comme l'indique le certificat de naissance. Qu'à cela ne tienne, il paraît que je suis super doué dans mon domaine. Pourquoi ne pas l'être dans un autre ? Maître Alexandre est très bon et je suis sûr que nous allons faire une bonne équipe.

Maman me demande de bien réfléchir quant à mon choix d'aider Caleb et de faire attention de ne pas me retrouver piégé. Je pense cependant que la leçon est suffisamment passée. Je lui demande de prendre soin d'elle et rentre retrouver Léxie à la maison.

Sur la route du retour, je reçois un SMS de Jason. Je me doutais que l'idée ne lui plairait pas non plus. Je décide de mettre son message de côté et me promets de le rappeler plus tard. Lorsque je rentre, Léxie est endormie sur le canapé. Je ne pensais pas qu'il serait si tard. Je la porte jusqu'à notre chambre, puis l'embrasse sur la joue, avant de redescendre appeler Jason.

— Hayden, qu'est-ce que tu fous, bordel ?

— Jason, calme-toi.

— Que je me calme ! Non mais tu rigoles ? Holly vient de me raconter votre journée et tu voudrais que je me calme ?

— C'est moins grave que cela peut paraître. Une fois que tout sera fini, nous serons enfin tranquilles avec Léxie. Je pourrai laisser tout ça derrière moi.

— Je crois que tu ne te rends pas bien compte dans quel merdier tu t'es fourré, mon gars !

— Pourquoi ? Ce n'est qu'un procès comme les autres…

— Non, ce n'est pas comme les autres, me coupe-t-il.

— Explique-toi.

— Hayden, premièrement c'est ton frère.

— Je ne vois pas où est le problème.

— Il y a conflit d'intérêts.

— Pas dans mon cas, je peux te l'assurer.

— Bref. Même sans parler de ça, il est quand même responsable de la mort de ta copine, soit dit en passant, la mère de son enfant, enfant qu'il souhaite récupérer ! Et je ne parle même pas du dossier concernant ses trafics. Il n'a rien de son côté, c'est perdu d'avance !

— Alors, pour rappel, il n'a pas été mis en cause pour l'accident d'Olivia. Personne ne l'a balancé et il n'y a aucune preuve concrète. Ensuite, concernant ses trafics, il m'a promis d'arrêter s'il retrouvait son fils, pour lui donner la meilleure éducation possible. Pour finir, C'EST.SON.FILS. C'est normal qu'il veuille le voir.

— Qu'il veuille le voir, c'est une chose. En demander la garde complète en est une autre.

— Jason, je ne te demande ni ton aide, ni de comprendre. Je fais ce qui me paraît le plus judicieux pour avoir la paix. Maintenant, excuse-moi, j'aimerais aller me coucher.

— Hayden, je…

— Bonne nuit Jason.

Je ne prends pas le temps d'en écouter plus et je raccroche. Je savais qu'il ne serait pas content, mais de là à me discréditer comme il le fait, ça ne me plaît pas. Je sais faire la part des choses et rien de ce qui se passera ne me fera changer d'avis. Maintenant, j'espère pour lui que son dossier est solide. Connaissant les parents d'Olivia et mes aveux sur Caleb, cette histoire va ressortir et l'enquête va sûrement être rouverte.

Chapitre 17

Léxie

(2 mois plus tard)

Jason avait raison. Le procès de Caleb pour récupérer son fils s'avère très compliqué. Les parents d'Olivia ont avoué qu'il était responsable de sa mort et la cour a décidé de reprendre l'enquête. En attendant, il faut attendre. Hayden ne paraît pas soucieux, je me demande bien pourquoi.

En ce qui me concerne, je croise encore mon père de temps en temps, mais nous ne nous parlons pas. Je pense qu'il continue de me surveiller de loin. Je suis dans le couloir pour aller voir Mamie Li lorsque je le vois sortir de chez elle.

— Qu'est-ce que tu fais là ?

Il sursaute et se retourne.

— Tiens, comment ça va chérie ?

— Ne m'appelle pas comme ça. Alors j'attends.

— Je suis simplement venue rendre visite à Lynette. J'ai appris qu'elle ne vivait plus chez elle.

— Et alors quoi, tu viens voir si tu as le droit à un bout d'héritage ?

— Enfin Léxie, qu'est-ce que tu racontes !

— Ne viens plus ici. Tu as perdu ce droit le jour où tu as commencé à lui mentir et à lever la main sur moi. Tu m'as bien comprise ?

— Je pense encore avoir le droit de faire ce que je veux, jeune fille. Cela lui fait de la compagnie. Dois-je te rappeler que tu viens rarement la voir ?

— Qu'est-ce que tu en sais ? Je viens la voir lorsque mon emploi du temps me le permet. Il n'y a pas une semaine sans que je ne sois là.

— Tiens donc, vous vous parlez enfin tous les deux ?

Nous sursautons et tournons la tête en même temps. Je suis la première à réagir.

— Mamie, tout va bien ?

— Oui mon poussin, tout va bien. Je suis heureuse de voir que vous vous parlez enfin.

— Qu'est-ce que tu veux dire ?

— C'est moi qui ai demandé à ton père de passer car je savais que tu venais aujourd'hui. Je voulais que vous ayez enfin une discussion tous les deux.

— Mais enfin Lynette, vous savez que…

— Que Léxie t'en veut. Je ne vais pas te rassurer car je t'en veux également Charles. Je m'en veux aussi de ne rien avoir vu pendant toutes ces années. Mais Léxie, je voulais que vous mettiez les choses au clair. Allez maintenant, rentrez tous les deux !

— Et ton café ?

— Je n'en ai plus besoin, maintenant que Léxie est arrivée.

Nous entrons dans l'appartement où loge désormais ma grand-mère depuis ses problèmes de santé. L'appartement est petit mais sans trop l'être. Il dispose d'une chambre et d'un salon-cuisine suffisamment grand pour qu'elle reçoive du monde si elle le souhaite.

L'établissement est chouette. Il s'agit d'un bâtiment regroupant plusieurs appartements pour les personnes ne pouvant plus vivre seules. Il y a des espaces communs où les locataires peuvent se retrouver et passer du temps ensemble. Tout est encadré par des professionnels de la santé, garantissant la sécurité de chacun..

Je prends place autour de la table, en prenant bien soin de m'éloigner le plus possible de lui. Aj, ce que je voudrais qu'Hayden et Holly soient là ! Je serais plus rassurée. Je tape un rapide « SOS ML » à ma meilleure amie puis coupe mon portable. Elle comprendra car c'est notre nom de code pour indiquer qu'il y a un problème avec Mamie Li. Comme j'ai coupé mon portable, elle n'aura pas d'autre choix que de venir ici.

Mamie Li est la première à ouvrir « le débat ».

— Bon, allons-y une bonne fois pour toutes. Comme je doute que vous vouliez parler, je vais commencer. Je sais que ma méthode doit vous surprendre, surtout avec mon grand âge. I faut que vous compreniez qu'il y a un temps pour réfléchir et un temps pour agir.

Puis se tournant vers mon père.

— Charles, je tenais à te dire en personne et devant témoin, que tu es un crétin(rmq Isabelle : je trouve le terme un peu trop gentil ! ;o)) ! Je ne comprends pas comment la justice a pu te laisser sortir après ce que tu as fait subir à ta famille.

Au moment où elle voit qu'il va la couper, elle lève un doigt et continue.

— Jamais, au grand jamais, je ne pourrai te pardonner d'avoir agi de cette façon avec Léxie. Aujourd'hui, elle est grande, mais tu l'as maltraitée à un âge où elle ne pouvait pas se défendre. Je crois que si je l'avais appris à ce moment-là, je t'aurais tué de mes propres mains ! J'espère que tu te rends compte de la gravité de la situation ?

Un long silence s'installe. Mamie reprend son souffle après ce monologue, puis elle enchaîne.

— C'était une question, Charles, alors réponds !

Mon père s'est tassé dans sa chaise. À ce moment précis, il me fait penser à un enfant qu'on serait en train de gronder pour avoir fait une bêtise. C'est le cas, bien sûr, mais l'ironie me fait presque sourire.

— Oui Madame, répond-il laconique.

— Bien. Je suis ravie de te l'entendre dire. Maintenant, que tu le veuilles ou non, je veux que toi, Léxie, tu lui dises ce que tu as sur le cœur.

Je ne réponds rien. Pour ne pas flancher, je me concentre sur les rainures de la nappe.

— Mon poussin, tu ne risques rien puisque je suis là.

Je sens les larmes monter. Je multiplie mes efforts pour les refouler.

TOC, TOC, TOC.

Chapitre 18

Léxie

Une lueur d'espoir renaît en moi. Je prie pour que l'on vienne me sauver d'ici.

— Oui, entrez.

Ma meilleure amie apparaît dans l'encadrement de la porte, rouge et suffocante.

Je sens le regard réprobateur de ma grand-mère peser sur moi. Elle est intelligente et a tout de suite compris.

— Holly, que t'arrive-t-il ?

Je lui fais un discret signe de la tête.

— Je suis désolée de vous déranger Mamie. Je passais dans le coin et j'ai aperçu la voiture de Léxie. Je me suis dit que j'allais faire une pause.

— Tu passais dans le coin, questionne ma grand-mère, tournant un regard suspicieux dans ma direction.

— Oui, je faisais mon jogging.

— Bon, puisque le bon Dieu t'a mise là, sers-nous un verre d'eau et prends-en un pour toi, tu veux.

— Bien sûr. Je peux savoir ce qu'il se passe ici, déclare-t-elle sèchement en posant son regard sur mon père.

— Nous sommes en plein tribunal, vois-tu.

— Tiens donc. Pourquoi cela ?

— Charles a été condamné alors que Léxie ne pouvait pas être présente. Il est donc normal qu'elle ait le droit à son procès, elle aussi.

Retrouvant peu à peu son souffle, ma meilleure amie se redresse soudainement.

— C'est une merveilleuse idée ça, Lynette !

Holly s'installe à mes côtés, suffisamment pour me prendre la main sous la table.

— Où en étiez-vous ?

— Bon, j'en ai marre ! Je ne suis pas venu ici pour me faire insulter. Tout ceci ne vous regarde pas…

— Je te prie de bien vouloir t'asseoir Charles. Écoute ce que Léxie a à te dire. A l'époque, tu l'as mise dans un état tellement lamentable qu'elle n'a pas pu assister au procès. Elle n'a pas pu témoigner, alors il est normal de lui laisser la chance de se libérer aujourd'hui.

Il souffle et croise les bras, puis pointe son regard sur moi. Ce simple geste me fait perdre tous mes moyens. Je me mure dans le silence. Ma meilleure amie gigote sur sa chaise, puis se tournant vers mamie.

— Puis-je ?

— Si cela peut te détendre, fait-elle en balayant sa main vers mon père.

— Certainement pas, intervient celui-ci.

— Oh que si, vous allez m'écouter. Moi aussi je me retiens depuis bien trop longtemps ! J'aimerais vous montrer quelque chose.

Elle sort de son sac un petit étui carré. Au moment où elle l'ouvre, ma respiration se coupe. Un nœud énorme vient serrer ma gorge.

— Je suis désolée, me souffle-t-elle avant d'en sortir les petites cartes de leur étui.

Cette fois-ci, je ne peux plus retenir mes larmes. Je viens de retourner dix ans en arrière. Je suis allongée dans le jardinet que nous avions derrière notre maison, recroquevillée sur moi-même, attendant que les coups cessent.

— Je garde ça dans mon sac, pour être sûre de vous les montrer le jour où j'en aurais enfin l'occasion.

— Qu'est-ce que c'est ? demande mon père.

— Voyez par vous-même.

Au moment où Holly pose devant lui les photographies, ma grand-mère ne peut s'empêcher de hoqueter d'effarement. Mon père ne comprend pas tout de suite, jusqu'à ce qu'il reconnaisse la scène. Ses yeux s'agrandissent de stupeur.

Un trémolo dans la voix, Holly argumente.

— Voilà dans quel état vous avez mis votre fille, avant que quelqu'un puisse lui venir en aide. Regardez bien et prenez conscience de vos actes. Pour moi, vous ne devriez même pas vous trouver en face de nous aujourd'hui. Vous auriez dû croupir en prison jusqu'à la fin de votre vie. Et encore, je pense que même la chaise électrique aurait dû vous être administrée. Vous êtes un lâche, un monstre, une insulte à la fonction de père ! Si je le pouvais, je vous renverrais d'où vous venez, sur le champ.

Mon père reste toujours silencieux, les yeux remplis de larmes, fixés sur les photographies qu'il tient dans ses mains tremblantes. Il lève la tête dans ma direction et me murmure un « *je suis désolé* ».

Les seuls mots que j'arrive à prononcer distinctement sont : « *VA AU DIABLE* ».

— Très bien, je pense avoir compris. Je m'excuse pour tout ce que je vous ai fait subir à toutes. J'ai eu un moment de faiblesse…

— Qui a tout de même duré près de treize ans, c'est long pour « *un moment de faiblesse* », intervient ma meilleure amie en mimant les guillemets.

— Je comprends que je ne suis plus le bienvenu. Je vais partir mais je ne le ferai pas avant que tu rompes avec ton petit ami.

— Cette fois, la coupe est pleine, lancé-je en sortant de mes gonds. Crois-tu vraiment avoir encore un droit sur moi ? Hayden et moi, ça marche, tant que nos passés respectifs ne viennent pas entacher notre relation. Tu ne le connais pas et ne sais absolument pas ce qu'il a vécu. Alors, ne viens pas me donner de conseils ! Venant de ta part, ils sont très malvenus.

— Il va te faire du mal…

— Pas autant que tu as pu m'en faire, rétorqué-je amèrement.

— Je n'ai pas confiance en lui, ni en son frère.

— Comme nous n'avons plus confiance en toi, Charles, ajoute mamie.

— Tu ne les connais pas, cesse de les juger.

— Bien sûr que je sais qui ils sont ! Ils jouent à l'arme à feu, drogue et j'en passe. Leurs récits ne sont pas dignes de foi. Ce sont des délinquants qui jouent avec la justice !

— Mais enfin, de quoi tu parles ?

— On ne peut pas leur faire confiance, c'est tout. Surtout celui avec le crâne rasé et les tatouages sur les bras, il est dangereux.

— Caleb ! Tu connais Caleb ?

— Non.

— Charles, si tu nous caches quelque chose, tu dois nous le dire, intervient ma grand-mère.

— Tu viens de le décrire, alors c'est que tu le connais. Tu l'as déjà vu ou tu as eu à faire à lui.

— C'était il y a longtemps maintenant.

— Raconte-nous.

— Que savez-vous ? insiste ma meilleure amie.

Chapitre 19

Hayden

Nous sommes devant la salle du tribunal, à attendre que le procès commence. Apparemment, il y a de nouveaux éléments concernant l'accident de voiture d'Olivia. Ce qui m'intrigue le plus, c'est Caleb, car depuis cette révélation, il ne tient plus en place.

— Détends-toi Caleb.

— Comment tu veux que je me détende. Je vais être jugé pour un crime que je n'ai pas commis.

— Attends une minute. Qu'est-ce que c'est encore cette histoire ?

— Rien. Je flippe juste, c'est tout.

— Tu ne me caches rien d'autre ?

— Non.

— Tu en es sûr ?

— Oui. Qu'est-ce qu'ils foutent ces baveux-là ?

Je me lève et prends mon frère par le col.

— Je te préviens, si tu me caches quelque chose, une fois rendu à l'intérieur, je ne pourrai plus rien pour toi et tu ne retrouveras pas ton fils.

Il se dégage de mon emprise et lisse ses vêtements.

— Puisque je te dis qu'il n'y a rien de plus. Tu sais tout.

— Tu as plutôt intérêt.

Mon collègue vient m'informer que le procès va commencer. Caleb me précède et une voix m'interpelle, au moment où je rentre dans la salle.

— Léxie ! Que fais-tu ici ?

— Il fallait que je te parle avant ton procès.

— Je suis désolé, je n'ai pas le temps.

Soudain, mon regard se pose sur l'homme qui arrive derrière elle.

— Qu'est-ce que vous foutez là, vous ? je m'énerve.

— Hayden, il est venu témoigner, m'explique Léxie.

— A quel sujet ? m'étonné-je.

— Au sujet de l'accident d'Olivia.

— Quoi ? Mais c'est quoi cette histoire ! Il connaît Olivia ?

— Non, mais Caleb oui. C'est une longue histoire. Est-ce que tu peux le faire témoigner ?

— Non, je ne peux pas, les témoins sont déjà listés. Je ne peux pas en rajouter un sans prévenir la cour.

— Eh bien, fais-le s'il te plaît, c'est important. Pas seulement pour Caleb. Pour Olivia, pour ses parents, pour ta famille, pour toi.

— Attends ici, je vais voir ce que je peux faire.

Je reviens cinq minutes plus tard.

— Léxie !

Je m'isole avec elle pendant que son père reste assis dans le couloir.

— Est-ce que tu es sûre que ce qu'il a à dire est fiable ?

— Oui, il m'a raconté ce qu'il s'est passé.

— Depuis quand vous vous parlez tous les deux ?

— C'est une longue histoire. Il faudra qu'on parle après ton procès.

— Il risque quelque chose pour la garde de son fils ?

— Je ne pense pas. Au contraire.

— Bon, très bien. Je le fais témoigner. J'espère juste que ce n'est pas un faux témoignage.

— Fais-moi confiance.

— C'est en lui que je n'ai pas confiance. Surtout que la juge n'apprécie guère le témoignage d'un ex-tolard. Elle se souvient un peu trop bien de ton père. Il ne lui a pas laissé une bonne impression.

Chapitre 20

Hayden

Léxie avait raison, c'était une bonne idée de faire témoigner son père à la barre. Monsieur DUMAS a en effet affirmé que Caleb n'était pas l'auteur de l'accident d'Olivia. Il a attesté qu'une de ses connaissances s'est vantée de l'exploit d'avoir échappé aux flics, après un accident de la route, en emportant avec lui sa caisse de drogue sous le bras. Le pauvre homme qui avait bu une bouteille entière de whisky, avait eu la langue trop pendue.

Selon ses dires, il s'agirait du bras droit de Caleb de l'époque, qui a emprunté sa voiture pour aller revendre un sac de drogue à un client (Rmq Isabelle : précédemment, Caleb avait indiqué qu'il avait 20g. Je ne sais pas s'il faut que les infos concordent vu que là, c'est l'histoire de Mario. Lorsqu'il s'est rendu compte qu'il était en retard, il a appuyé sur l'accélérateur et a brûlé le feu rouge, ce qui a provoqué l'accident. Il a alors emporté son sac avec lui, en laissant la voiture où elle se trouvait.

Caleb n'a aucun souvenir de cette soirée et pour le coup, je le crois. Maintenant, la question à laquelle il faut répondre c'est : pourquoi ce soir-là, chez ma mère, Caleb nous a dit que c'était lui le responsable ? Le rôle de la police est désormais de retrouver ce loubard, pour qu'il avoue les faits.

Dans un sens, cette histoire nous arrange car au moins, on sait que Caleb n'a pas pu tuer la mère de son enfant. Cependant, tant que l'affaire n'est pas close, nous devons reporter la demande de garde du petit. Malheureusement, on ne sait pas combien de temps cela peut prendre. Pour le moment, Logan est placé chez ses grands-parents. Son père a un droit de visite, sous surveillance.

Si Caleb arrive à conserver une attitude correcte, à se trouver un travail et un lieu stable d'ici le jugement, il pourrait avoir la garde de son fils. À lui de faire ses preuves.

Concernant le père de Léxie, il doit rester à la disposition de la justice, le temps de retrouver le principal suspect. Sinon, son témoignage sera jugé comme faux et Caleb reconnu coupable. Maintenant que ce chapitre est presque clos, il reste une chose que nous devons régler avec Léxie. Le silence a régné pendant tout le trajet du retour. Les portes de l'entrée à peine passées, j'ose enfin demander ce qui me tracasse tant.

— Est-ce que je peux avoir une explication maintenant, s'il te plaît ?

— Je suis allée voir mamie chez elle et il était là.

— Très bien. Je ne savais pas qu'elle le voyait encore. Qu'elle lui parlait au téléphone, oui, mais pas qu'il venait chez elle.

— C'est elle qui lui a demandé de passer aujourd'hui car elle savait que je venais.

— Elle t'a tendu un piège ! Mais enfin, pourquoi ? Elle sait pourtant que tu ne veux plus le voir, non ?

— Oui bien sûr qu'elle le sait. Mais tu connais ma grand-mère, lorsqu'elle a quelque chose en tête, elle ne l'a pas ailleurs.

— Bon d'accord, et ensuite ? Tu peux me dire ce qu'il s'est passé, entre le moment où tu l'as vu chez ta grand-mère et le moment où tu es carrément arrivée avec lui au tribunal ?

— Pour commencer, je veux te rassurer en t'informant que Holly était avec moi, chez ma grand-mère.

— On va dire que oui, tu me rassures un peu. C'est une bonne chose, je souris.

Léxie m'explique tout ce qu'il y a à savoir, sur le procès que Lynette a tenu contre Charles, avec Léxie et Holly. Elles ont chacune mis leur grain de sel et lui ont évoqué ce qu'elles pensaient de lui. Ce qui qui m'a complètement estomaqué, c'est la partie où Holly sort les photos de son sac à main pour les lui montrer Je ne savais même pas qu'elle gardait ça avec elle.

Lorsque son père lui a parlé de l'affaire d'Olivia, Léxie n'a pas traîné ; Sans réfléchir, elle est venue directement avec lui au Tribunal. Elle m'a expliqué que désormais, son père faisait partie du passé et qu'elle ne voulait plus jamais le revoir. D'ailleurs, lorsque la cour n'aura plus besoin de lui, et selon le résultat de l'enquête, il lui a promis de partir de sa vie et de ne plus chercher à la revoir.

Je reste sceptique sur cette partie mais disons que cela fait partie de mon métier. Connaître la vérité avant de promettre la lune.

Nous sommes restés tard à discuter de ce que nous pourrions faire, une fois que toutes ces histoires seront derrière nous. En gros, comment voyons-nous notre avenir ? J'ai soumis l'idée de repartir en croisière avec Pénélope. Léxie en a été ravie, à condition d'emmener Jason et Holly avec nous. J'ai accepté car cela fait bien longtemps que nous n'avons pas pris le temps de se retrouver tous les quatre.

Chapitre 21

Léxie

C'est amusant comme Holly n'avait pas l'air rassurée. Quant à Jason, il s'est comporté comme s'il avait fait ça toute sa vie. Nous sommes partis en longues vacances en Angleterre. Holly a toujours rêvé d'y aller et comme ils avaient de nombreux jours de congés à prendre avec Jason, nous en avons profité.

Nous avons passé un très bon moment à Southampton. Holly était comblée de bonheur lorsqu'elle a vu que nous n'étions qu'à deux heures trente de Londres. Nous avons ainsi pu profiter de ce séjour pour aller flâner dans les rues de la capitale.

Nous sommes assis à la terrasse du café de Patou, merveilleusement bien installés, pour lui raconter notre périple. La patronne est ravie de nous revoir, après cette longue absence..

> — Alors les enfants, qu'est-ce que vous voulez pour le déjeuner ? Vous devez mourir de faim après cette balade sur Pénélope !

À ce simple souvenir, Holly a un haut-le-cœur. La pauvre me fait de la peine, elle qui se faisait une joie de partir en bateau. La prochaine fois, je pense qu'il faudra lui donner un médicament contre le mal de mer. Je savais qu'elle avait un problème avec l'altitude, mais je ne me serais pas doutée pour la mer.

> — Pour moi, ça sera ton hamburger ! je m'exclame avec enthousiasme. Quitte à profiter des vacances, autant le faire jusqu'au bout.

> — Pour moi, une salade suffira, affirme Holly la main encore devant sa bouche pour se contenir.

Jason et Hayden se mettent d'accord pour lui prendre sa plus belle pièce du boucher, si possible avec beaucoup de frites et avec sauce au poivre. Quel gourmands ces deux-là ! Patou enregistre notre commande avec un grand sourire et informe son chef cuistot de ne pas traîner à préparer nos plats.

> — Quand souhaitez-vous partir ? nous demande-t-elle en revenant avec nos boissons et de quoi patienter.

> — Juste après, je pense, indique Hayden.

Nous nous tournons tous vers Holly, pour juger de son état. Celle-ci sirote son verre lentement, n'oubliant pas de prendre de grandes et profondes respirations de temps en temps.

> — Peut-être pourrions-nous repartir demain matin, ce qui laissera le temps à Holly de reprendre ses esprits cette nuit. Qu'en dites-vous ? demandé-je à mes amis.

Jason valide ma proposition, mais je constate qu'Hayden a l'air très embêté de cette décision. Je décide de ne pas relever tout de suite, mais me promets d'en savoir plus lorsque nous serons seuls.

> — J'ai des chambres de disponibles si vous voulez, je peux les faire prépar…

— C'est parfait, s'exclame Holly ne laissant pas la pauvre femme finir sa phrase.

Nous rions de plus belle de son intervention et Hayden et moi décidons de passer la nuit dans le voilier.

— Vous êtes sûrs ? nous interroge Patricia.

— Oui, merci. Ça ira très bien pour nous.

— Comme vous voulez. Dans ce cas, je vais faire préparer une chambre pour nos citadins. Elle repart un grand sourire aux lèvres, sous le regard peu amical d'Holly.

— Elle te taquine, ne le prends pas mal, lui assuré-je.

* * *

Nous reprenons la route très tôt le lendemain matin. Je n'ai pas pu parler à Hayden, qui a préféré aller se coucher tôt. Lorsque je suis arrivée, il dormait déjà. J'ai mis cela sur le compte de la fatigue du voyage, puisqu'il a passé la majeure partie à barrer le voilier.

C'est en arrivant à la maison que je finis par craquer.

— Est-ce que tout va bien ?

— Oui, pourquoi ça n'irait pas ?

— Je te trouve distant et tu avais l'air embêté de rester dormir là-bas cette nuit.

— Non, tout va bien. Je suis juste fatigué.

Son téléphone sonne et il fronce les sourcils en regardant l'écran.

— Excuse-moi, je dois prendre cet appel.

Puis, il s'enferme dans son bureau pendant un long moment. Mes nerfs ne tiendront pas si j'attends qu'il daigne me parler. Je décide donc de profiter de son absence pour faire des longueurs dans la piscine. Deux heures plus tard, je le vois attendre au bord de la piscine, les mains dans les poches et le regard un peu perdu. Je ne m'arrête pas pour autant.

Je fais encore quelques longueurs avant qu'il ne se décide à sauter dans l'eau et à m'attraper par les hanches.

— Tu es complètement fou, tu vas tremper tes vêtements ! je ris.

— Ce n'est pas grave ça va sécher.

— Tout va bien ?

— C'est la deuxième fois que tu me poses cette question aujourd'hui, fait-il remarquer.

— C'est la deuxième fois que tu m'inquiètes, au point où je me dois de te poser cette question, ironisé-je.

Il me prend dans ses bras et nous restons ainsi un long moment. Je frissonne mais ne me plains pas. Je suis bien dans ses bras, je ressens une sorte de plénitude saine. Aucun bruit ne se fait entendre autour de nous. Seuls les oiseaux nous bercent. Le temps d'un bref instant, j'ai la sensation qu'Hayden s'est endormi. Je suis sur le point de le vérifier lorsqu'il me porte pour sortir de la piscine et m'enroule autour d'une serviette.

— Viens te réchauffer à l'intérieur.

Je le suis sans un mot et m'installe sur le lit, une couverture sur les épaules. Hayden enlève son tee-shirt et la vue de ses abdos me fait perdre la tête. Je reste dans la contemplation, oubliant tout ce qui me tracassait les heures passées.

— Léxie !

— Pardon, tu me parlais ?

— Je te demandais si tu souhaitais prendre une douche ?

— Heu oui, j'y vais.

— Tout va bien ?

Je hausse un sourcil et le fixe du regard. Un léger sourire apparaît au coin de sa bouche lorsqu'il comprend mon étonnement. Un long, très long silence s'en suit.

— Tu vas enfin me dire qui était au téléphone tout à l'heure et ce qui te tracasse ? murmuré-je.

— Tu as l'air de bien me connaître.

— Non, mais certaines choses deviennent évidentes lorsque l'on passe beaucoup de temps avec une personne.

Il souffle un grand coup et baisse la tête.

— C'était Maître Alexandre.

— À cette heure-ci ! Que voulait-il ?

— Le jugement a enfin été rendu au sujet de Caleb.

— Et ?

— Et il a eu la garde de son fils, avec obligation de droit de visite des grands-parents.

— C'est cela qui te met dans cet état ?

— Non, je…, je n'ai pas très bien dormi.

— Tu veux m'en parler ?

— Je ne sais pas. C'était assez étrange de me retrouver là-bas aussi longtemps, alors je suppose que certains souvenirs sont remontés à la surface. Je te rassure, il n'y a rien de grave, juste de la nostalgie.

Je me lève et m'approche de lui lentement Puis, je l'enlace et l'embrasse tendrement.

— Chéri, je veux que tu saches que désormais, ta famille c'est moi. Je serai toujours là si tu as besoin.

— Je t'aime plus que tu ne peux l'imaginer. Le sais-tu ?

— Je le sais et cet amour est tellement réciproque.

— Alors, pourquoi n'acceptes-tu pas ma demande ?

— Parce que pour moi, il est beaucoup trop tôt. Je suis désolée que tu le prennes aussi mal. Essaie de me comprendre…

— Je sais, tu ne veux pas revivre ce que tu as déjà vécu plus jeune, mais Léxie, on en sait pas ce que nous réserve le futur. Fais-nous confiance.

— On ne peut pas prévoir Hayden, on ne peut pas
prévoir.

Chapitre 22

Hayden

Il est vrai que c'est une très bonne nouvelle pour Caleb d'avoir retrouvé la garde de son fils. Pourtant, je ne peux m'empêcher de m'inquiéter. Et s'il retrouvait sa mauvaise habitude de dealer et qu'il entrainait son fils dans ses bêtises ? Ce que je n'ai pas mentionné à Léxie, c'est que j'ai également eu de très mauvaises nouvelles concernant son père. Je ne sais toujours pas si je dois le lui avouer ou non.

Je me suis levé tôt et prends mon petit déjeuner sur la terrasse lorsque Léxie se lève et me rejoint. Elle a l'air de bonne humeur. Ne voulant pas gâcher le moment, je décide d'attendre encore un peu avant de lui parler.

— Tu pars de bonne heure ?

— Oui, je dois aller voir Caleb pour lui annoncer la nouvelle.

— Veux-tu que je vienne avec toi ?

— Non, c'est gentil. Je veux le faire dans le cadre professionnel, alors mieux vaut que tu ne viennes pas. Pourrais-tu trouver un moment pour que nous discutions ce soir ?

— Bien sûr. Tu as quelque chose d'urgent à me dire ?

— C'est quelque peu délicat.

— Dois-je m'inquiéter ?

— Non, bien sûr que non. Comme je ne sais pas quelle sera ta réaction, je préfère que nous en parlions calmement.

— Tu ne vas pas remettre cette histoire sur le tapis ?

— Non, je te rassure. Je vais attendre encore un peu avant de revenir à la charge, sourié-je.

— Peux-tu au moins m'en dire le sujet ?

— Je crains que non. J'ai peur que tu fouilles et que tu ne trouves avant que je t'informe moi-même de la situation.

Je me lève et laisse Léxie à son petit déjeuner, l'air sérieux sur le visage. J'espère que personne ne me devancera pour cette nouvelle.

— Je vais essayer de rentrer tôt ce soir.

— D'accord, je t'attendrai.

Il va falloir que je trouve le courage de lui parler ce soir et surtout trouver les bons mots. Je dois aussi accepter le fait que Léxie veuille attendre pour fonder notre propre famille. Or, c'est quelque chose qui me tient tant à cœur ! Je comprends ses arguments mais je pensais que depuis le temps, elle me faisait confiance.

Malgré tout, je ne perds pas espoir. Je sais qu'un jour ou l'autre, j'arriverai à la faire changer d'avis. En attendant, j'ai bien d'autres soucis à régler, à commencer par Charles Dumas.

* * *

Lorsque je rentre à la maison, une bonne odeur de curry m'accueille dès l'entrée de la maison. Léxie est en cuisine et nous prépare un sublime poulet, curry, coco. Je m'en lèche déjà les babines.

—Coucou !

Elle m'embrasse amoureusement et me sert un verre de Gewurztraminer, en attendant que le plat termine sa cuisson.

—Alors, de quoi voulais-tu me parler ?

—Hum, eh bien… Bon allez, quand faut y aller, faut y aller. Ton père est à l'hôpital.

Elle relève vivement la tête vers moi.

— Maître Alexandre m'a prévenu en même temps que la décision pour Caleb.

—D'accord, et ?

Je lève la tête et la regarde sans comprendre. Je me doutais qu'elle n'aurait pas été très touchée, mais je ne pensais pas qu'elle réagirait de façon aussi détachée.

— Tu ne vas pas aller le voir ? demandé-je avec précaution.

— Je ne pense pas, non.

— Pourquoi ?

— Pourquoi quoi ?

— Pourquoi tu ne veux pas aller le voir ?

— Attends, que je comprenne bien ce que tu me demandes. Tu n'as jamais voulu qu'il s'approche de moi, et maintenant, tu voudrais que j'aille le voir ?

Elle fixe son regard sur moi, les mains sur les hanches et les sourcils froncés.

— Non, chérie. Bien sûr que non ! Je ne te demande pas non plus de lui pardonner mais je ne veux pas que tu le regrettes plus tard.

Elle réfléchit un moment à ce que je viens de lui dire.

— Très bien, c'est d'accord. J'irai le voir demain, à une condition.

— Je t'écoute.

— Je veux que tu me dises ce que tu penses de ceci.

Elle me tend une assiette remplie de poulet, qui sent merveilleusement bon. Un sourire se dessine sur son visage et elle me tend une fourchette. J'avale une bouchée et en tombe à la renverse.

— Déchidément, tu me gâtes trop. Ch'est délichieux, affirmé-je la bouche encore pleine.

Chapitre 23

Léxie

Ce matin, je n'avais pas le même courage qu'hier. Hayden m'a presque traînée ici de force. C'est simple, c'est bien le dernier lieu où je souhaite me retrouver. Trop de mauvais souvenirs sont remontés à la surface en pénétrant dans le hall de l'hôpital.

Le docteur nous a informés que mon père avait été battu si fortement qu'il a quatre côtes cassées, une fracture du bras gauche et beaucoup d'hématomes. Il s'en sortira mais il lui faudra beaucoup de temps et de patience. Je préviens le médecin que je ne suis là qu'à titre informatif et qu'il n'est pas question que je prenne quoi que ce soit en charge.

Nous avons tout de même accepté de le voir. Il est allongé dans une chambre blanche sans âme. Défiguré par les bleus, son bras dans le plâtre, il a vraiment mauvaise mine. Lorsqu'il me voit approcher, il esquisse un léger sourire qui ressemble plus à une grimace.

— Hey, salut ma chérie.

— Salut.

— Comment tu vas ?

— Certainement mieux que toi.

— Ça, je te fais confiance là-dessus.

— Que s'est-il passé ?

— Arf, pas grand-chose. Les flics ont retrouvé Mario, mais il a eu le temps de me remercier avant qu'ils le ramassent.

— Qui est Mario ?

— L'ancien associé de Caleb, intervient Hayden.

— Comment a -t-il su que…

— Léxie, chérie. On parle du plus grand dealer de la ville, tout le monde le connaît. Il a des gars dans toute la ville, alors je suppose qu'il y en avait un au tribunal.

— Oh, je vois. Que vas-tu faire maintenant que toute cette affaire est réglée ?

— Comme je te l'ai promis, je vais partir loin de cette ville. Je vais m'installer ailleurs pour tout recommencer à zéro.

— Tu sais où tu vas aller ?

— Pas encore. Si tu le souhaites, je pourrai te prévenir. Juste au cas où tu en aurais besoin. Je ne te demande rien de plus. Je sais que tu ne peux pas me pardonner et je comprends. Si un jour tu te sens prête, au moins, tu sauras où me trouver.

— Je…

— Non, ne me dis rien maintenant. Je préfère ne pas savoir si tu décides de me rayer complètement de ta vie. Je l'apprendrai au fil du temps.

— D'accord.

— Allez-y maintenant, vous devez avoir bien plus important à faire.

Nous prenons congé et une fois sortis de l'hôpital, j'embrasse Hayden sur la joue. Il me regarde surpris.

— Que me vaut cette attention ?

— Merci.

— Pourquoi ?

— Pour m'avoir obligée à venir.

— Ravi d'avoir été de bons conseils, répond-il en me prenant la main et en me déposant un léger bisou dans le creux du poignet.

Nous flânons dans les chemins du parc, profitant du soleil, encore chaud à cette époque de l'année. Hayden m'a emmenée manger dans un petit restaurant typiquement parisien, où nous nous sommes régalés.

— Chéri, et si nous rentrions à la maison rediscuter de cette demande ? proposé-je taquine.

Hayden me regarde dans un premier temps très surpris. Très vite, il comprend mon sous-entendu et tente de se rapprocher de moi. C'était sans compter mon côté joueuse. Je cours afin de lui échapper, mais ses entraînements sportifs ont raison de moi. Il me rattrape en très peu de temps.

Nous rions à gorges déployées et courons dans les rues de Paris. Pourvu que cette soirée s'éternise le plus longtemps possible !

Epilogue

Léxie

(2 ans plus tard)

Mon père a déménagé dans le sud, à côté de Perpignan, à Elne exactement. Il a trouvé une grande maison de 96m², avec cinq belles pièces et surtout un jardin de 190m², avec une vue dégagée sur les montagnes. J'espère qu'il pourra reprendre une vie normale là-bas, loin de toute l'agitation de la capitale.

Caleb, lui, est resté sur Paris, non loin des parents d'Olivia, à qui il rend visite régulièrement avec son fils. Ils ont trouvé un appartement avec vue sur la Seine, ce qui donne tout loisir à Logan de rêver à voguer sur l'eau.

Quant à nous, nous sommes assis à la terrasse du restaurant de Patricia, profitant de la chaleur du mois de mai. Nous avons décidé de déménager en campagne. C'est donc à Auberville que nous avons posé nos bagages. C'est à vingt minutes de Deauville donc on pourra partir en bateau quand on le souhaite.

Hayden discute des travaux que nous sommes en train de faire dans notre nouvelle maison, une main posée sur mon ventre arrondi. Eh oui, il a enfin réussi à me décider et nous allons bientôt nous agrandir. Plus qu'un mois et nous aurons enfin notre famille à nous. Holly et Jason ont préféré rester sur Paris, le temps de trouver un lieu qui leur plaît à tous les deux. L'un veut rester en plein cœur de la ville, tandis que l'autre préfère s'éloigner un peu du centre, pour pouvoir profiter d'un peu plus de silence.

Nous rions chaque fois que nous les voyons car ils nous parlent de leur maison de rêve, mais elle est soit trop loin, soit trop près, soit trop petite, soit trop grande. Je pense qu'en réalité, ils ne savent pas trop sur quel pied danser. Comme pour nous : lorsqu'ils la verront, ils sauront.

Dès le début, nous étions tous les deux d'accord qu'il fallait s'éloigner de la grande ville. Paris est magnifique, je le concède, mais quitte à repartir de zéro et fonder ma propre famille, je préférais le faire dans une autre ville. Dans un lieu où je me sens chez moi.

Mamie Li est décédée l'année dernière, elle me manque énormément. C'était comme si je perdais ma mère une seconde fois. Hayden a été présent et m'a rassurée du mieux qu'il le pouvait. Il est si gentil et prévenant avec moi qu'il me fait oublier tous mes doutes et mes peurs. Je n'ai plus fait de cauchemars et plus aucune douleur ne s'est manifestée depuis que nous sommes partis de Paris.

— J'espère que vous nous inviterez voir la maison, une fois que tous les travaux seront finis, poursuit Patou.

— Bien évidemment que nous allons vous inviter. Une belle crémaillère dans le jardin avant l'arrivée du bébé ! s'enthousiasme Hayden.

— Enfin, si Monsieur daigne vouloir arrêter de changer d'avis, sourié-je levant les yeux au ciel.

— Nous avons encore le temps, ma puce, alors ça va.

— Il ne reste qu'un mois à peine, mon cœur, alors à ta place, je ne serais pas aussi confiant. Heureusement, il ne reste que la décoration à faire, rassuré-je Patou qui exprime un sourire de compassion.

Patricia rit et nous affirme qu'en général, ce sont les femmes qui changent d'avis comme de chemises. Je peux m'estimer heureuse qu'il ne se soit pas décidé à faire les travaux lui-même. Nous ne serions qu'au début des ennuis ! J'aime mon fiancé mais je ne peux pas me vanter de ses compétences de bricoleur. Il ne sait même pas se servir d'un marteau ! De ce côté-là, je le devance bien plus, ayant dû me débrouiller seule bien plus longtemps.

Hayden a vendu son bar. Depuis que nous sommes ensemble, il n'y a plus mis les pieds et laissait Jérémy tout gérer à sa place. Il est donc logique qu'il le lui ait vendu, pour une somme tout à fait raisonnable.

* * *

170

Je suis dans la future chambre de bébé à imaginer la disposition parfaite des meubles, lorsque soudain, une vive douleur se fait ressentir. Je me cambre et pose la main sur mon bas-ventre, afin de calmer bébé qui a décidé de jouer les prolongations.

— Hey, calme-toi mon loulou. Okay, j'ai compris, je change le lit de place.

C'est au moment où je pousse le lit que je sens un liquide chaud couler le long de mes jambes.

— Oh, oh !

J'envoie un rapide SMS à Hayden, qui devait aller à son cabinet pour une réunion avec le nouveau directeur.

Léxie

En as-tu encore pour longtemps, car ici le temps est désormais compté !

J'agrémente mon message d'un émoji « hôpital » et d'un « bébé ». J'espère que le message va passer rapidement et surtout qu'il va le voir à temps. J'ai à peine le temps de poser le téléphone que celui-ci émet une sonnerie m'informant d'un message.

Je sais qu'Hayden fera attention car il connaît ma peur pour la vitesse au volant.

Finalement, c'est un quart d'heure plus tard qu'Hayden arrive en trombe et sort de la voiture sans même l'avoir éteinte.

— Chérie, où es-tu ?

— Je suis là. S'il te plaît, calme-toi.

— Je vais chercher ta valise.

Il court dans toute la maison et s'agite, mais j'arrive à le stopper avec assez d'aisance.

— Hayden, bébé, calme-toi. La valise est dans l'entrée et elle est prête. Il n'y a plus qu'à la mettre dans la voiture. J'ai eu le temps de prendre une douche et de nettoyer le tapis de la chambre. J'ai prévenu ta mère ainsi que Holly et Jason. Je suis presque sûre que même Patou est déjà au courant. Maintenant, si tu veux bien te calmer, disons une demi-heure, le temps d'aller à la maternité.

— Okay. D'accord. Oui tu as raison.

Nous partons donc en direction du CHU de Caen, avec, un peu d'appréhension pour moi, alors je ne parle même pas de l'état d'Hayden.

C'est trois heures plus tard en ce 26 mai 2027 que nous faisons enfin la connaissance de Nathan, notre magnifique bébé aux grands yeux noisette, comme son papa. Nous sommes aux anges.

Holly et Jason nous rendent visite, ravis de faire la rencontre du premier neveu de la famille. Je crois que la plus heureuse de tout notre entourage, c'est Charlotte, qui vient accueillir son premier petit-fils. Elle sera, j'en suis sûre, la meilleure grand-mère du monde !

Avec Hayden, nous sommes comblés de bonheur.

Nous allons enfin pouvoir commencer notre nouvelle vie à trois.

Remerciement

Je commence par remercier Romain et Juliette, mon chéri et ma fille, qui me supportent pendant ces longs moments d'écriture et de recherches. Même si je tente de vous faire participer avec des prénoms, des lieux et autres idées, je sais que ça ne doit pas être simple. Heureusement que Juliette, tu me réclames beaucoup de balades au bord de la rivière. Au moins, cela me permet de prendre l'air et de me vider la tête un instant, pour mieux réfléchir après.

Merci encore à mes premières lectrices Jessica et Nadine. Votre avis me permet de savoir si je ne déraille pas pendant mes écrits. Je sais que je peux parfois péter un câble et écrire n'importe quoi !

Merci à toutes les personnes qui m'ont suivie dans cette aventure, que ce soit pour me donner un retour, une correction ou encore distribuer mon roman. Vous ne pouvez imaginer quel plaisir c'est de recevoir des compliments, après avoir travaillé et prié si dur pour que mon roman plaise.

Merci à vous, chers lecteurs et chères lectrices, d'avoir fait partie du voyage. J'espère vraiment que malgré le sujet important de ce roman, vous aurez passé un agréable moment à me lire.

Avec ce dernier opus, c'est avec une immense émotion et une grande joie que je quitte Léxie et Hayden, pour les laisser vivre leur vie comme ils le souhaitent. N'hésitez pas à laisser libre court à votre imagination et à vos envies, pour vous inventer la suite de leur histoire..

À travers ce roman, je souhaite avant tout mettre en avant un sujet encore un peu trop tabou à mon sens. En devenant maman, j'ai vite compris que la maltraitance pouvait surgir à n'importe quel moment et avec une trop grande facilité. À nous de ne pas tomber dans ce tunnel infernal et d'apporter à nos enfants une éducation la moins brutale possible.

Être parent est un métier très dur émotionnellement, mais est-ce une raison pour s'en prendre à une personne incapable de se défendre ?

Je vous dis bonne route et à très bientôt dans une
nouvelle romance.

Valérie.

Retrouvez-moi sur les réseaux sociaux pour du fun, des cadeaux, des promos, et encore plein de surprise…

 **Valérie Roman**

 lesromansdevalerie@gmail.com

 **valerie_roman44**

www.ingramcontent.com/pod-product-compliance
Lightning Source LLC
LaVergne TN
LVHW051258200726

843510LV00010B/1184